STEVE MARTIN

Blanker Unsinn

Buch

Bei vielen Humoristen stellt sich der Witz mit dröhnendem Gepolter und derber Pointe ein. Bei Steve Martin kommt er auf leisen Sohlen angeschlichen, so als wäre er schon immer da gewesen. Und während manche TV-Blödel-Stars das Zwerchfell mit der Faust bearbeiten, dass man nach Luft ringt, bewirken Martins mit traumhafter Leichtigkeit aneinandergereihte Sentenzen jenes befreiende Lachen, das von der Erkenntnis zur Selbsterkenntnis führt. Die Fans von Charlie Chaplin werden diese Glossen lieben, denn Martin ist witzig, ohne sich zu distanzieren. Seine Kommentare und Analysen, die im sanften Tonfall von Ratgebern, Gebrauchsanweisungen und Beipackzetteln daherkommen, sind nie verletzend, sondern begleiten mit liebevoller Sympathie den Menschen auf seinem Weg nach oben, nach unten oder quer durch den Alltag. Gegen Gedächtnisschwund zum Beispiel empfiehlt er, »alle überflüssigen Informationen, die im Gehirn herumschwirren, in den neuerdings immer größer werdenden Bauch herunterzuladen. Das entlastet das Gehirn, und so kann es wirklich wichtige Informationen speichern, wie die neue Rechtschreibung.«

Autor

Steve Martin ist Vegetarier, kleidet sich vorwiegend in dandyhaftes Weiß und tritt am liebsten in der Pose des Predigers auf. Heute ist der Star aus Filmen wie »Roxanne«, »L. A. Story« und zuletzt an der Seite von Eddie Murphy in »Bowfinger's große Nummer« weltberühmt. Nur wenige wissen, dass der 55jährige Schauspieler aus Waco/Texas eine glänzende Karriere als Stand-up-Comedian in den besten Clubs von Los Angeles hinter sich hatte, bevor er zum Film kam. Wegen seiner grandiosen Sketche wurde er 2000 sogar mit dem »Lifetime Achievement Award in Comedy« bei den »American Comedy Awards« ausgezeichnet.

Steve Martin

Blanker Unsinn

Aus dem Amerikanischen
von Detlev Ullrich

GOLDMANN

Die Originalausgabe erschien 1998 unter dem Titel
»Pure Drivel« bei Hyperion, New York.
Die Geschichten »Klärung« und »Das Jahr-3000-Problem«
wurden der amerikanischen Taschenbuchausgabe hinzugefügt.

Einige Geschichten wurden im Magazin
der »Süddeutschen Zeitung« abgedruckt.

Umwelthinweis:
Alle bedruckten Materialien dieses Taschenbuches
sind chlorfrei und umweltschonend.

Taschenbuchausgabe März 2002

Umschlaggestaltung: Design Team München
Umschlagmotiv: Andrew Eccles
Druck: Elsnerdruck, Berlin
Verlagsnummer: 45152
KvD · Herstellung: Sebastian Strohmaier
Made in Germany
ISBN 3-442-45152-3
www.goldmann-verlag.de

1 3 5 7 9 10 8 6 4 2

Inhalt

INHALT

Danksagung

Ich schreibe dies zu einer Zeit, da ich drei Jahre lang keinen Film gemacht habe. Ich hatte mir geschworen, in diesen drei Jahren nichts zu tun und mir deswegen keine grauen Haare wachsen zu lassen – und habe doch mehrere Stücke, ein paar Kurzgeschichten sowie zwei Drehbücher geschrieben und mein ganzes Innenleben umgekrempelt. Die Geschichten in diesem Buch, diese Essays – ich weiß nicht genau, wie ich sie nennen soll –, sind nicht mehr als kleine Pralinés, kleine Naschereien nach dem Mahl der großen Literatur, und doch sind sie für mich etwas Besonderes. Sie sind Ergebnis einer intensiven Rückschau, dank derer meine Arbeit wieder eine Bedeutung für mich bekam, meine Arbeit mir wieder Vergnügen bereitet und ich Freude in meine Arbeit einbringen kann. Sie machten es mir auch möglich, die Worte »meine Arbeit« dreimal in einem Satz zu wiederholen – was mir jede Menge Freude, Vergnügen und Bedeutung brachte. Ich will damit sagen, wenn man wirklich arbeiten will, sollte man aufhören zu arbeiten.

Ein ganz dickes Dankeschön geht an Chris Knutsen, der ohne Furcht und mit viel Witz die Geschichten bearbeitete, die im *New Yorker* erschienen, sowie an Tina Brown, die mich mit ihrem Charme bezauberte und der es zu verdanken ist, daß die Geschichten in einer Zeitschrift erschienen, die ich seit ewigen Zeiten vergöttere – auch wenn meine Filme in ihr verrissen wurden. Ganz besonders danke ich Leigh Haber, der mit äußerster Sorgfalt alle Geschichten, die neuen wie die alten, für die vorliegende Ausgabe bearbeitete. Ein kräftiger Händedruck auch für meine Agenten, Esther Newberg und Amanda Urban, die dafür sorgten, daß der Verlag mir während des Schreibens nicht nur einen persönlichen Maskenbildner zur Verfügung stellte, sondern eine PR-Kampagne wie für Hemingway veranstaltete. Vielen Dank auch meinem Hausphilosophen und Anwalt Michael Gendler, der darauf achtet, daß meine empfindliche Künstlerseele immer gut bezahlt wird.

Ich habe das Glück, daß meine Freunde sowohl gebildet als auch humorvoll sind. Zu ihnen gehört auch Victoria Dailey, die meine ersten Schreibversuche veröffentlichte – in jenen Tagen, als die Texte noch mit primitivsten Mitteln, das heißt, direkt mit der Hand auf den Computermonitor geschrieben wurden. Hier eine Episode, die zeigt, wie sie ist und denkt: Einmal rief sie mich mitten in der Nacht an und sagte: »Steve, warum kürzt du eigentlich deinen Vornamen nicht mit St. ab, das würde doch wirklich passen.« Gackernd lachte sie und legte auf.

DANKSAGUNG

Ich möchte noch ein paar gute Freunde erwähnen, denen ich meine Werke immer kurz nach der Fertigstellung zuschickte – in der Hoffnung auf kritische oder zustimmende Kommentare. Es sind dies April Gornik, Jessica Teich, Kathy Goodman und Elizabeth Meyer. Ich habe übrigens auch männliche Freunde.

Öffentliche Entschuldigung

A Public Apology

Ich sitze in meiner Gefängniszelle mit Blick auf den East River, und bei dem Gedanken, daß ich mich um ein politisches Amt bewerbe, wird mir klar: Ich schulde der Öffentlichkeit Abbitte für einige Taten in meinem Leben.

Einmal nahm ich am Preisausschreiben eines Supermarktes teil – und gewann –, obwohl der Cousin meines Bruders genau in diesem Laden an der Kasse arbeitete. Ich möchte mich bei Safeway Food und allen Beschäftigten dieses Unternehmens entschuldigen. Ebenfalls entschuldigen möchte ich mich bei meiner Familie, die damals zu mir hielt, und ganz besonders bei meiner Frau Karen. Ich kann mir keine klügere und treuere Ehefrau vorstellen.

Als ich einundzwanzig war, rauchte ich ein Jahr lang jeden Tag Marihuana. Ich möchte mich entschuldigen für die Angstzustände und die durch den Drogenkonsum verursachten Phobien während der nächsten fünfzehn Jahre – zu denen auch die Vorstellung gehörte, Ed Sullivan wolle meinen Eltern mitteilen, ich sei high, als er Wayne & Shuster in seiner Show präsentierte.

Entschuldigen möchte ich mich bei meiner Frau Karen, die nach wie vor zu mir steht, sowie beim Verband der Marihuanabauern von Napa und bei seinen Mitgliedern, falls sie durch mein Verhalten in Schwierigkeiten geraten sein sollten. Auch den folgenden kleinen Vorfall aus der gleichen Zeit möchte ich erwähnen: Ich lag im Zimmer 342 des Holiday Inn von Ypsilanti in Michigan und fing an, die Platten der Deckenverkleidung zu zählen. Das Zimmer war quadratisch, also war es eine einfache Rechenaufgabe, die ich im Verlauf des Wochenendes löste. Als es auf Sonntagabend zuging, begann ich zu berechnen, wie viele *imaginäre* Platten für die Wände und den Fußboden des Zimmers erforderlich wären. Als ich abreiste, sagte ich in schnoddrigem Ton zu dem Mann an der Rezeption, daß man für das ganze Zimmer tausendzweihundertvierundneunzig imaginäre Platten bräuchte.

Zwei Wochen später, ich versuchte gerade, den Rekord im Dauerhören von »American Pie« zu brechen, wurde mir klar, daß ich die *wirklichen Platten* in meine Berechnung mit einbezogen hatte – dabei hätte ich sie von der Gesamtsumme abziehen müssen. Ich möchte mich beim Personal des Holiday Inn für möglicherweise entstandene Unannehmlichkeiten entschuldigen, weiterhin bei den netten Leuten von Universal Ceiling Tile, bei meiner Frau Karen und bei meinen Kindern, die unter Wachstumsstörungen leiden.

Vor einigen Jahren, es war in Kalifornien, aß ich das erste Mal Muscheln und ich sagte, sie würden schmecken wie »Keimdrüsen in Motoröl«. Ich möchte mich bei Bob 'n' Betty's Clam Fiesta entschuldigen und ganz besonders bei Bob, der, wie ich später erfuhr, nur einen Hoden hatte. Entschuldigen möchte ich mich bei der Kellnerin June und ihren Angehörigen sowie beim Hund der Familie DePaul, der den Inhalt meines verdorbenen Magens abbekam.

Es gab eine Reihe von Fällen sexueller Belästigung, für die ich mich entschuldigen möchte:

Im Jahr 1992, während eines Vorstellungsgesprächs mit einer Dame namens Anna Floyd, die sich um eine Stelle als Sekretärin beworben hatte, rutschten mir ganz plötzlich die Hosen herunter – zufälligerweise gerade in dem Augenblick, als ich sagte: »Haben Sie so was schon mal gesehen?« Auch wenn ich damit mein neues Diktiergerät »Memo Maker« von Pocket Tape meinte, möchte ich mich doch bei Anna Floyd entschuldigen, falls ihr durch dieses Mißverständnis seelisches Leid entstanden ist. Entschuldigen möchte ich mich ebenfalls bei den Beschäftigten von Pocket Tape und ihren Angehörigen sowie bei meiner Familie, die zu mir stand. Meine Entschuldigung gilt auch der Firma Hardwood Designs, dem Hersteller des Fußbodens, auf den meine Hosen fielen. Ganz besonders entschuldigen möchte ich mich bei meiner Frau Karen, deren fortwährendes Verständnis mich mit Demut erfüllt.

Auf Hawaii hatte ich einmal Sex mit einer hundertzwei

Jahre alten männlichen Schildkröte. Ich kann mich wohl kaum damit rechtfertigen, daß dies in beiderseitigem Einverständnis geschah. Meine Entschuldigung gilt der Schildkröte, ihrer Familie, dem Kahala Hilton Hotel und den ungefähr hundert Gästen des Terrassencafés des Hilton. Entschuldigen möchte ich mich auch bei meiner treuen Gattin Karen, die die entsprechende Meldung in der Rubrik »Was sonst noch passierte« des *Santa Barbara Women's Club Weekly* verkraften mußte.

Im Jahr 1987 war ich zu einer Bar-Mizwa in Manhattan eingeladen – und erschien in weißen Gabardinehosen, einem blauen Blazer mit goldenen Knöpfen und mit einer Seglermütze. Dafür entschuldige ich mich beim jüdischen Volk, beim Staat Israel, bei meiner Familie, die zu mir stand, und bei meiner Frau Karen – die meine siebzehn Affären und meine drei unehelichen Kinder klaglos hinnahm.

Auch bei der nationalen Vereinigung für die Förderung der Farbigen möchte ich mich entschuldigen – dafür, daß ich ihre Mitglieder als »Farbige« bezeichnet habe. Meine Entschuldigung wäre jedoch unvollständig, wenn ich nicht auch Nancy, meine neue Frau, deren Haut einen ins Rosa gehenden Ton hat, und unsere beiden Kinder einschließen würde, die weißer Hautfarbe sind.

Schließlich möchte ich mich dafür entschuldigen, daß ich spontan »Leckt mich!« ausrief, als ich im Casino des Choctwa-Reservats sechstausend Dollar beim Roulette verloren hatte. In meiner Jugend wurde dieser Ausdruck in unserer Familie in ähnlicher Bedeutung wie das hawaiische *Aloah* verwendet, und als ich ihn damals im Casino gebrauchte, wollte ich damit lediglich »Bis bald« sagen.

Und jetzt wieder auf in den Wahlkampf!

Schreiben ist einfach

Writing Is Easy

Schreiben ist die einfachste, müheloseste und vergnüglichste Art, sich auf künstlerische Weise die Zeit zu vertreiben. Im Augenblick sitze ich beispielsweise gerade in meinem Rosengarten und schreibe auf meinem neuen Computer. Zu jeder Rose gehört eine Geschichte, ich habe also immer etwas, worüber ich schreiben kann. Ich schaue tief in die Rose hinein, lese ihre Geschichte und schreibe sie auf, das heißt, ich *tippe* – was ich ja sowieso gern tue. Ich könnte auch »kjfiu joewmv jiw« tippen, und es würde mir genausoviel Spaß machen, wie etwas Sinnvolles zu tippen. Ich genieße einfach das Gefühl, wenn meine Finger auf den Tasten tanzen. Es stimmt, mitunter überfällt den Schriftsteller tiefe Verzweiflung. In solchen Augenblicken höre ich auf zu schreiben und entspanne mich bei einem Kaffee in meinem Lieblingsrestaurant, wohlwissend, daß man Worte ändern, neu überdenken, umstellen und natürlich auch ganz und gar streichen kann. Für einen Maler gibt es diesen Luxus nicht. Wenn er einen Kaffee trinken geht, trocknet die Farbe zu einer harten Masse.

Die Standortfrage

Ich empfehle Schriftstellern, in Kalifornien zu leben, dann können Sie zwischen zwei Blicken in das Herz einer Rose zu einem blauen Himmel aufschauen. Mir tun jene Autoren leid – und es sind ein paar ziemlich berühmte unter ihnen –, die in Gegenden wie Südamerika oder der Tschechischen Republik leben. Ich stelle mir das ziemlich trist vor. Man erkennt sie recht schnell, denn ihre Bücher sind oft deprimierend, voller Krankheit und Negativität. Wenn man vorhat, über Krankheit zu schreiben, dann ist meiner Meinung nach Kalifornien der richtige Ort dafür. Zwergwuchs ist sicher nie besonders lustig, aber sehen Sie sich doch an, was wir hier in Kalifornien draus gemacht haben – sieben glückliche Zwerge! Und jetzt stellen Sie sich die sieben Zwerge in der Tschechischen Republik vor! Das wären dann sieben melancholische – bestenfalls melancholische – Zwerge ohne einen einzigen Behindertenparkplatz!

»Die Liebe in den Zeiten der Cholera« – wo liegt der Fehler?

Ich gebe zu, »Die Liebe in den Zeiten…« ist ein toller Titel, durchaus. Man liest ihn, man freut sich, es geht um Liebe, und ich mag, wie sich das Wort *Zeit* dann anschließt, das hat etwas, diese Verbindung zwischen *Liebe* und Zeit, fast wie ein neues Wort, *Liebeszeit:* ein sehr, sehr schönes Gefühl. Und plötzlich kommt da diese morbide *Cholera.* Bis dahin hat es mir ja gefallen. »Liebe in den Zeiten von Eiterbeulen und Pusteln« – das war wahrscheinlich ein früherer, dann abgelehnter Titel dieses Buches, und bestimmt wurde es in einem von Ratten bevölkerten Baumhaus auf einer uralten Remington geschrieben. Und dem Autor – wer immer das ist – hätten ein paar Wochen unter kalifornischer Sonne sicher gutgetan.

Ich habe ein kleines Experiment gemacht und mir die folgende bedrückende Passage vorgenommen – die zweifellos an irgendeinem deprimierenden Ort geschrieben wurde – und versucht, sie kalifornisch eingefärbt umzuschreiben:

> Die meisten Menschen täuschen sich, indem sie an zwei Dinge glauben: an die *ewige Erinnerung* (an Menschen, Dinge, Taten, Völker) und an die Möglichkeit der *Wiedergutmachung* (von Taten, Fehlern, Sünden, Verfehlungen). Beides sind irrige Annahmen, und in Wirklichkeit ist das Gegenteil wahr: Alles wird vergessen werden, und nichts kann wiedergutgemacht werden. (Milan Kundera)

Ich sitze also in meinem Garten, die Bienen schweben von Blume zu Blume, ich lasse mir diese Passage durch den Kopf gehen und komme schließlich auf:

Ich bin gut drauf,
So richtig gut drauf,
Ich bin gut drauf und witzig und schlau.

Kundera war einfach zu langatmig. Manchmal ist die Löschtaste dein bester Freund.

Die Schreibblockade – ein Mythos

Den Begriff »Schreibblockade« haben sich Jammerlappen ausgedacht, damit sie eine Ausrede zum Trinken haben. Sicher kann ein Schriftsteller mal einen Durchhänger haben, aber wenn das einem echten Autor passiert, dann geht er hinaus und versucht es als einer, »dem man es erzählt hat«. Als Alternative dazu kann er als einer, »von dem man es gehört hat« arbeiten und so den ganzen Ruhm selbst einheimsen. Es erleichtert das Schreiben auch, wenn man jemanden hat, mit dem man »es springen lassen kann«, das heißt, jemanden, mit dem man sich zusammensetzt und Ideen austauscht. Gut ist es, wenn der Familienname der Person, mit der man »es springen läßt«, Salinger ist. Ich kenne da einen französischen Schriftsteller vom Anfang des zwanzigsten Jahrhunderts – seine Initialen sind M. P. –, der gut einen zum »Springen« hätte brauchen können. Hätte er nämlich einen gehabt, dann würde sein Buch treffender »Erinnerung an vergangene Dinge« heißen und nicht so umständlich, wie er es genannt hat. Der andere Trick, den ich anwende, wenn es mal nicht weitergeht, ist geradezu narrensicher, und ich verrate ihn gerne. Nehmen Sie einen bereits veröffentlichten Roman zur Hand und suchen Sie sich einen Satz heraus, von dem Sie absolut begeistert sind. Übernehmen Sie ihn in Ihr Manuskript. In den meisten Fällen führt Sie der Satz ganz automatisch zum nächsten, und bald werden Ihre Ideen wieder fließen. Wenn nicht, dann übernehmen Sie noch einen Satz. Sie können unbesorgt bis zu drei Sätze aus einer fremden Arbeit verwenden, allerdings nicht aus der eines Freundes – dann sollten es nicht mehr als zwei sein. Die Gefahr, daß man Ihnen auf die Schliche kommt, ist sehr gering, und selbst wenn es passiert, müssen Sie dafür nicht ins Gefängnis.

Die Figuren

Nichts läßt Ihr Werk mehr leben als eine einprägsame Figur. Wenn eine einprägsame Figur da ist, wird der Leser immer wieder zu dem Buch zurückkehren, es aufnehmen, hin und her drehen, in der Hand wiegen und dann in die Luft werfen. Hier ein Beispiel, wie man mit lebendigen Figuren ein Buch aufpeppen kann:

> Ein paar Typen standen herum, und dann kam dieser Typ herein.

Und jetzt machen Sie eine einprägsame Figur daraus. Sie haben ihn als Typ eingeführt, und damit lösen Sie bei den Lesern alle möglichen Vorstellungen aus. Ganz schnell beleben Sie die Figur mit einem Adjektiv:

> Aber dieser Typ war kein gewöhnlicher Typ,
> nein, er war ein roter Typ.

Diese Figur, der rote Typ, ergreift nun mit einem Mal von der Phantasie des Lesers Besitz. Er ist ein Mensch aus Fleisch und Blut, mit Hoffnungen und Träumen, genau wie der Leser selbst – ganz besonders, wenn der Leser auch ein roter Typ ist. Jetzt sollten Sie dieser Figur einen Charakterzug verleihen. Sie haben zwei Möglichkeiten, den Leser über diesen Charakterzug in Kenntnis zu setzen. Entweder Sie sagen ihm ganz einfach, um was für einen Charakterzug es sich handelt – beispielsweise so: »... aber dieser rote Typ war anders als die meisten roten Typen. Dieser rote Typ trank gern Frappés.« Oder Sie machen es über die Handlung, das heißt, Sie lassen den roten Typen in eine Bar kommen und ein Frappé bestellen:

> »Was darf's sein, Roter?«
> »Ein Frappé, bitte.«

Wenn Sie diese beiden Verfahren beherrschen – Schaffung lebendiger Figuren in Kombination mit Adjektiven –, dann sind Sie auf dem besten Weg, ein kleiner

Shakespeare zu werden. Und vergessen Sie nicht, sich alle neuen Ideen urheberrechtlich schützen zu lassen. Sie wollen doch sicher nicht machtlos zuschauen müssen, wie in einem Werbespot für Frappés ausgerechnet Ihr vertrauter »roter Typ« durch die Tür einer Bar kommt.

Die Dialoge

Viele gute Schriftsteller sind befangen, wenn es darum geht, so zu schreiben, wie die Leute wirklich reden. Dabei ist es ganz einfach: Verringern Sie Ihren IQ um fünfzig und tippen Sie los!

Das Thema

Da Themen so rar sind, hier ein paar Vorschläge für die bemitleidenswerten Autoren in den weniger sonnigen Landstrichen. Notieren Sie sich einige davon und holen Sie sie in den Wintermonaten hervor, wenn Selbstmordgedanken Sie plagen.

»Schlüpfer – blank und brutal«: ein guter Titel, klingt vielversprechend, nach Sex.

Wie wäre es mit einem Buch über gesunde Ernährung, demzufolge die freien Radikale in Ihrem Körper nicht zu Ketose führen, solange Ihr Insulinspiegel nicht mit Kohlehydraten gepusht worden ist?

Oder vielleicht schreiben Sie darüber, wie die Wellen am Strand wieder und wieder kommen und wie faszinierend das ist. (Das riecht doch geradezu nach Bestseller.)

»Melancholische Bilder aus einem fahrenden Zug«: Und sofort stürzt irgendein Schriftsteller in einem fremden Land los, bereit, wie der leibhaftige Horowitz auf die Tasten zu hämmern. Dabei ist dieser Titel nichts als eine inhaltslose Aneinanderreihung von Wörtern, ohne Bedeutung. Damit wird Ihr armes Buch bei Barnes & Noble in der Abteilung »Kunsthandwerk« landen, dort – na was wohl? – verstauben und schließlich verramscht und vergessen werden.

Das Unwort

»Gottverdammtnochmal« – damit kommen Sie bei den Leuten, die den Booker-Preis vergeben, nicht weit. Vergessen Sie's.

Der Weg zum Verlag

Zwei Dinge sind mir an Verlegern aufgefallen:

1. Es gibt heutzutage sowohl männliche als auch weibliche Verleger.
2. Sie mögen es, wenn man das passende Pro-

> nomen verwendet. Ist Ihr Verleger ein Mann, sagen Sie »er«. Bei einer Frau hingegen ist »sie« wohl korrekter. Ist Ihr Verhältnis zueinander etwas enger geworden, paßt »Schätzchen« für beide Geschlechter.

Haben Sie sich hinsichtlich des Pronomens entschieden, dann ist es Zeit für einen »Schwatz« mit Ihrem Verleger. Angenommen, Dante ist Ihr Lieblingsautor. Rufen Sie bei Dantes Verleger an und sagen Sie, Sie würden die beiden gern zum Essen einladen. Wenn die Sekretärin dann sagt: »Aber Dante lebt doch gar nicht mehr«, zeigen Sie Mitgefühl und sagen Sie: »Oh, mein herzliches Beileid.« Denken Sie beim Essen daran, nie bedrückt zu wirken. Verleger mögen muntere, gutgelaunte Autoren – es macht allerdings auch Eindruck, wenn Sie beim Essen plötzlich schwungvoll die Arme ausbreiten, Geschirr samt Essen vom Tisch fegen und dabei ausrufen: »Sic Semper Tyrannis!«

Das Beispiel

Es ist einfach, über das Schreiben zu reden – und noch einfacher, es zu tun. Ein Beispiel:

> Nennt mich Ismael. Es war kalt, sehr kalt hier in Kilimanjaroville, der Stadt in den Bergen.©

> Ich hörte eine Glocke. Sie schlug. Und ich wußte genau, für wen sie schlug. Sie schlug für mich, Ismael Twist©, einen roten Typen, der gern Frappés trinkt. [Anmerkung des Autors: Ich komme nicht weiter. Ich gehe zu einer Rose und schaue tief in sie hinein.]
> Richtig, Ismael Twist.®

Am Ende möchte ich noch sagen, daß man die Bedeutung eines starken Schlußsatzes gar nicht hoch genug einschätzen kann.

In meinem Garten

Yes, in My Own Backyard

Es war letzte Woche in Los Angeles, da wurde mir klar, daß die Vogeltränke in meinem Garten von Raffael stammen muß. Wer weiß wie oft war ich daran vorbeigegangen, mit mir jede Menge Produzenten, Schauspieler, Manager und gelegentlich einer aus dem Fußvolk der Drehbuchschreiber. Und keiner hatte die Tränke je Raffael zugeschrieben. Nein, keiner von meinen Gästen hatte sie überhaupt irgend jemandem zugeschrieben – was mich überraschte, wenn man bedenkt, wie lange sie darüber redeten. Ob ich nun versuche, das Gespräch auf meine Filme zu lenken, auf meine Fernsehauftritte, meine frühen Arbeiten, immer wieder bekomme ich zu hören: »Ist das eine schöne Vogeltränke!« Was für mich ein weiterer Beweis ist, daß sie von Raffael stammt: Man kann einfach nicht wegsehen.

Es ist viel Wirbel darum gemacht worden, daß Raffael nie bildhauerisch gearbeitet hat. Das mag wohl stimmen, aber weit weniger bekannt ist, daß er viele Dinge für Vögel geschaffen hat, die für uns heute selbstverständlich sind – denken wir nur an die Wäscheleine und die Schnabelbürste. Eine Vogeltränke paßt also sehr wohl in das Œuvre dieses Meisters. Und meine weist die charakteristischen Stilmerkmale seines Werkes auf: (umgekehrte) Triangulierung, psychologisch aufgeladener negativer Raum und eine gemeißelte Madonna mit einem Kind auf dem Arm, das aussieht wie fünfzig. Identische Vogeltränken erscheinen auf dreizehn seiner Gemälde, von Vasari gibt es ein Porträt, das Raffael beim Malen einer Vogeltränke zeigt, und eine hingekritzelte Eintragung in seinem letzten Tagebuch lautet in der Übersetzung: »Bringt meine Vogeltränke nach Glendale« – genau dort habe ich sie auf einem Flohmarkt gekauft.

In jedem Menschen steckt ein Kunstkenner, und ich bin mir sicher, daß der Kunstkenner in Ihnen nach einem Echtheitsbeweis verlangt – gerade in einer Zeit, wo sich jeden Tag ein schlechter Vermeer als ein echter Meegeren entpuppt.

Die Echtheit eines Kunstwerks läßt sich auf zweierlei Weise bestätigen: mit Fachwissen und mit Intuition. Was das Fachwissen angeht, so können Sie sich sicher vorstellen, daß mein Exemplar von *Raffael für Dummies* von der Suche nach einer Echtheitsbestätigung mittlerweile ganz abgegriffen ist. Jedoch erst in einem neueren Werk des Kunsthistorikers Berenson fand ich den definitiven Beweis. Im Telefonbuch von Los Angeles sind zwei Raffael-Experten eingetragen, der eine allerdings mit der Vorwahl von Hawaii. Ich habe beide zu Rate gezogen, und ihr Urteil fiel eindeutig aus: Einer war dafür, der andere dagegen. Nun läßt sich mit diesem Fachwissen sicher einiges beweisen, aber das letzte Wort ist damit noch nicht gesprochen – immer wieder wird die Urheberschaft doch durch Intuition bestätigt. Sooft habe ich im Garten gesessen, das Telefon neben mir, an einem Cocktail aus Antidepressiva und Valium auf Eis nippend, ohne das Meisterwerk vor mir auch nur eines Blickes zu würdigen. Und doch hat wohl jeder von uns einmal diesen Augenblick erlebt, wenn sich unser innerer Zensor davonstiehlt, das Dröhnen im Kopf leiser wird und wir erkennen, daß wir vor Raffaels Vogeltränke sitzen. Die absolute *Gewißheit* fällt wie ein Umhang vom Himmel und hüllt uns ein.

In diesem Augenblick wurde mir klar, daß es nur eine Möglichkeit gab, der Welt den Beweis für die Richtigkeit meiner Intuition zu erbringen. Ich würde das Grab von Raffael im *Pantheon* in Rom besuchen und mit dem Meister selbst sprechen. (Pantheon ist kursiv hervorgehoben, weil ich es zunächst aufgrund meiner Dyslexie als *Parthenon* gelesen habe und deswegen umsonst nach Athen geflogen bin. Ich schlage vor, einen der beiden Namen zu ändern, um Verwechslungen zu vermeiden – zu denen es sicher nicht kommen würde, wenn das eine ein Fluß wäre und das andere ein Flughafen, es sind aber nun einmal beides Gebäude.)

Betritt man das Pantheon, überkommt einen Ehrfurcht, ob man will oder nicht. Links fällt der Blick auf den geheiligten Namen Pesto, rechts auf eine Reihe von

Päpsten und solche, die es gern geworden wären. Leider sind sie nicht in alphabetischer Reihenfolge begraben, so daß Raffael gar nicht so einfach zu finden war. Ich bin ein paarmal daran vorbeigegangen, denn natürlich hatte er auch einen Familiennamen, und das führte mich in die Irre. Entschuldigen Sie, aber wenn ich nach dem Grab von Liberace suche, dann möchte ich es doch unter Liberace finden und nicht unter Wladizu Valentino oder so etwas. Aufgepaßt, Madonna!

Ich stand vor der Gruft, in der Raffael seit vierhundertfünfzig Jahren liegt. Aber bevor ich fortfahre, sollte ich Ihnen vielleicht etwas über das Pantheon erzählen. Es hat das größte Kuppeldach der Welt. Nun ist so ein Kuppeldach rein architektonisch sicher eine tolle Sache, aber zum Flüstern taugt es absolut nicht. Alles kommt mit dreifacher Lautstärke zurück, und sogar die Aussprache wird deutlicher. Als ich flüsternd fragte: »Hast du meine Vogeltränke gemacht?« haben es also alle bis auf Raffael gehört – denn der war ja tot. Ich flüsterte noch einmal, jetzt lauter: »Hast du meine Vogeltränke gemacht?« Ein paar Minuten später kam ein Mann im Trenchcoat auf mich zu und sagte: »Ja, aber der große Boß will einen grünen Rasen.« Dann gab er mir einen Umschlag mit fünfhundert Millionen Lire und huschte davon.

Erst Stunden später, ich saß in einem Café in Sichtweite des Pantheon und trank einen synthetischen, fettarmen Kaffee mit einer (zumindest in Italien) legalen Mixtur aus Diazepam und Methaqualon, antwortete mir die Stimme von Raffael. Sie kam direkt aus dem Pantheon und drang über den Platz genau zu mir. Raffael, der jetzt ja im Himmel sein muß und dem damit praktisch alles möglich ist, sprach Italienisch, aber mit Untertiteln in einem Idiom, das meine Schwester und ich benutzten, als wir fünf waren. Die Stimme bestätigte, daß die Vogeltränke von ihm stammte, und forderte mich auf, alle Welt wissen zu lassen, daß er nicht schwul war.

Die Vogeltränke – mittlerweile von einigen Experten als »Martins Vogeltränke« bezeichnet, wogegen ich mich anfangs gewehrt habe – steht immer noch in meinem Garten, wird jetzt allerdings von einem bewaffneten Wachmann namens Charlie – den ich inzwischen richtiggehend mag – rund um die Uhr (an den Wochenenden hat er frei) behütet. Ich weiß nicht, ob ihm klar ist, was er da bewacht, aber bei den scharenweise anrückenden Gelehrten kann er sich wohl denken, daß es kein Gerümpel ist. Sein Job ist es nicht nur, zu verhindern, daß die Vogeltränke gestohlen wird, sondern auch, Vögel fernzuhalten. Ziemlich schwierig, denn für einen Vogel ist eine Vogeltränke nun mal eine Vogeltränke, ganz gleich, ob sie von Raffael stammt oder aus der Gartenabteilung eines Baumarkts.

Obwohl es verschiedene Angebote gegeben hat, werde ich meinen Raffael nicht verkaufen. Ich werde noch nicht einmal meinen Besuchern davon erzählen – wenn ich nicht das Gefühl habe, daß es etwas bringt. Sicher, wenn einer wie vom Blitz getroffen darauf starrt, dann werde ich ihn beiseite nehmen und ihn ins Bild setzen. Ich werde ihm sagen, daß er vor dem Werk eines Meisters steht, daß ihn der Hauch der Ewigkeit anweht – und daß er das wohl ein wenig obsolete, aber dennoch zutreffende Attribut »feinsinnig« verdient. Dann werde ich ihn bitten, sich in meinem Liegestuhl von Gauguin zurückzulehnen und den Anblick zu genießen. Woher ich weiß, daß der Liegestuhl von Gauguin ist? Ich weiß es einfach.

Veränderungen im Gedächtnis jenseits der Fünfzig

Changes in the Memory after Fifty

Langeweile? Hier ein Vorschlag für alle über Fünfzig, wie sich problemlos eine gute halbe Stunde totschlagen läßt:

1. Nehmen Sie Ihren Autoschlüssel in die rechte Hand.
2. Mit der linken Hand wählen Sie die Nummer eines Freundes und verabreden sich zum Lunch oder Dinner.
3. Legen Sie den Hörer auf.
4. Wissen Sie noch, wo Ihr Autoschlüssel ist? (Die Antwort finden Sie am Schluß des Textes – drehen Sie dazu das Buch auf den Kopf)

Jenseits der Fünfzig sind Gedächtnisausfälle etwas völlig Normales, in mancher Hinsicht sogar etwas Segensreiches. An bestimmte Dinge erinnert man sich lieber nicht – wie zum Beispiel damals, als Daddy einmal vergaß, Sie zu loben, und jetzt, vierzig Jahre später, zählen Sie deswegen zwanghaft die Kacheln im Badezimmer, zunächst in Dreier-, dann in Fünfergruppen etc., und erst wenn es aufgeht, dürfen Sie aus der Dusche. Das Gedächtnis arbeitet eben selektiv, und manchmal erinnert man sich nur an die Jahre 1956 und 1963 und sonst nichts. Derartige Ausfälle deuten nicht unbedingt auf ein schwerwiegendes gesundheitliches Problem hin. In der Regel ist es so: Wenn Sie denken, Sie hätten krankhafte Gedächtnisstörungen, dann ist es wahrscheinlich eher nicht der Fall. Sorgen sollten Sie sich eigentlich erst dann machen, wenn Sie selbst zwar meinen, daß mit Ihnen alles in Ordnung ist, Sie aber trotzdem bei der Gala im Kennedy Center gelegentlich gefragt werden: »Oh, heute im Schlafanzug?«

Stellen Sie sich folgendes vor: Sie haben gerade Ihren besten Freund Joe angerufen und ihn zu Ihrer Geburtstagsparty eingeladen – und dann, zehn Minuten später, rufen Sie noch einmal an und wiederholen Ihre Einladung. Das bedeutet noch lange nicht, daß Sie »übergeschnappt sind« oder »nicht mehr alle Tassen im Schrank haben«, »nicht ganz richtig sind«, »die Bodenhaftung verloren haben«, »den Bock melken« oder »in Ihr Oberstübchen schauen und es leer finden« oder was sonst noch Entwürdigendes über Menschen gesagt wird, die Schwachsinn fabrizieren. Nein, es heißt eigentlich nur, daß für Joe eben kein Platz mehr in Ihrem Gedächtnis ist. Woran Joe selber schuld ist. Warum hat er nicht auch einen einprägsameren Namen – *El Elegante*, zum Beispiel.

Es kann auch unterhaltsam sein, im Garten zu sitzen

und zu versuchen, den Namen Ihres Hundes herauszubekommen. Das geht so: Sie rufen willkürlich irgendwelche Hundenamen und beobachten dabei seine Ohren. Ein toller Zeitvertreib im Sommer, vor allem wenn man das Ganze mit den Spielen »Wie heißt meine Frau?« und »Wer bin ich?« kombiniert. Damit können Sie wunderbar Ihr Gedächtnis trainieren, und komplizierte Fragen wie »War ich jetzt in der letzten Stunde sechs- oder siebenmal pinkeln?« lassen sich dann leichter beantworten. Dieses Problem können Sie natürlich auch lösen, indem Sie jedesmal einen Bleistiftstrich machen.

Vormerken: Artikel über Möbelpoliturablagerungen schreiben.

Wenn Ihr Arzt über Fünfzig ist, sind Sie gut beraten, genau zu beobachten, wie sich sein Gedächtnis verändert. Es gibt nichts Beunruhigenderes, als wenn sich Patient und Weißkittel über den Schreibtisch hinweg anstarren und sich fragen, was sie eigentlich hier wollen. Vorsicht, wenn er das Stethoskop an die Stirn oder die Aktentasche hält. Vorsicht auch bei Begrüßungen wie »Hallo, Herr ...« Beunruhigen sollte es Sie, wenn der Arzt, während er Ihre Akte heraussucht, ständig »So ein böser Junge« zu Ihnen sagt. Männer sollten aufhorchen, wenn er bei der Untersuchung der Prostata auf einmal fragt: »Entschuldigen Sie, kennen wir uns eigentlich?«

Es gibt verschiedene Theorien zur Erklärung von Gedächtnisproblemen im fortgeschrittenen Alter. Die eine besagt, daß das Gehirn voll ist – es muß einfach zu viele

Informationen verarbeiten. Ziemlich einleuchtend, wenn Sie sich vor Augen halten, daß der Name Ihres Lehrers aus der dritten Klasse immer noch Platz beansprucht – ganz zu schweigen vom Text zu »Volare«. Als eine Lösung für ältere Männer bietet sich an, alle überflüssigen Informationen, die im Gehirn herumschwirren, in den neuerdings immer größer werdenden Bauch runterzuladen – wo reichlich Platz ist. Das entlastet das Gehirn, und es kann dann wirklich wichtige Informationen speichern, so zum Beispiel die neue Rechtschreibung. Eine weitere Lösung ist die regelmäßige Einnahme von *Ginkgo biloba*, einem Extrakt aus einem asiatischen Baum, der ein so unauslöschliches Gedächtnis hat, daß er eines Tages allen Menschen, die von ihm gegessen haben, nachstellen und sie töten wird. Wenn Sie *Gingko biloba* nehmen, sollten Sie die Flasche unbedingt mit der Aufschrift »Gedächtnispillen« versehen. Es gibt nichts Peinlicheres, als vor einer Flasche mit *Ginkgo biloba* zu stehen und zu glauben, sie enthielte die Reliquien eines spanischen Forschungsreisenden.

Zusammenfassend läßt sich sagen, daß wir alle vom Problem der Möbelpoliturablagerungen betroffen sind. Und nur ein wirksamer Reiniger, ein- oder zweimal pro Monat angewendet, erspart uns den demütigenden Anblick der harten dunklen Kruste auf unseren Möbeln. Ich empfehle also, einen alkoholfreien Reiniger auf Polymerbasis mit einem feuchten Tuch aufzutragen.

Viel Erfolg!

Der Autoschlüssel ist in Ihrer rechten Hand. Denken Sie daran, das Buch wieder umzudrehen.

Marssonde findet Kätzchen

Mars Probe Finds Kittens

Die letzte Marsmission hat den unwiderlegbaren Beweis erbracht, daß der rote Planet von ungefähr siebenundzwanzig drei Monate alten Kätzchen bevölkert ist. Diese »Kätzchen« bringen keine Jungen zur Welt und sterben nicht, sie verharren für immer in ihrem Kätzchendasein. Ohne weitergehende Untersuchungen zögert die Wissenschaft natürlich, die munteren kleinen Wesen als Kätzchen zu bezeichnen. »Nur weil sie aussehen wie Kätzchen und sich wie Kätzchen verhalten, können wir noch lange nicht davon ausgehen, daß sie tatsächlich Kätzchen sind«, sagte ein Forscher. »Ein Football ist ein braunes Etwas, das auf dem Rasen herumspringt, aber es wäre völlig verfehlt, es deswegen als Hündchen zu bezeichnen.«

Zunächst wurde in der Wissenschaft bezweifelt, daß kätzchenartige Wesen in der dünnen Marsluft existieren können. Zu Versuchszwecken wurden daher Erdkätzchen in eine Kammer mit künstlicher Marsatmosphäre eingeschlossen. Hier die faszinierenden Aufzeichnungen vom Ablauf des Experiments:

6.00: Kätzchen scheint zu schlafen.

7.02: Kätzchen erwacht und schießt ohne ersichtlichen Grund von einem Ende des Käfigs zum anderen.

7.14: Kätzchen läuft an der Käfigwand hoch, springt ohne ersichtlichen Grund auf anderes Kätzchen.

7.22: Kätzchen liegt auf dem Rücken, balgt sich ohne ersichtlichen Grund mit anderem Kätzchen.

7.30: Kätzchen springt, bleibt stehen, schießt nach links, bleibt abrupt stehen, klettert an Wand hoch, bleibt zwei Sekunden hängen, fällt auf den Kopf, schießt ohne ersichtlichen Grund nach rechts.

7.51: Kätzchen zergliedert ersten Satz aus Leitartikel einer Tageszeitung, die am Boden der Kammer liegt.

Das Verhalten ist typisch für Erdkätzchen, eine Ausnahme stellt nur das Zergliedern dar. Diese Aktivität, bei der ein kleiner Kugelschreiber verwendet wurde, ist als Anomalie anzusehen.

Die moderne Theorie der Kätzchen bietet verschiedene Erklärungen für die Existenz dieser Wesen auf dem Mars an. Die erste, aufgestellt von Dr. Patricia Krieger vom Halo-Bob-Institut, besagt, daß Kätzchen gleichzeitig überall und nirgendwo erscheinen. Das heißt, wir haben zwar den Beweis für ihre Existenz, aber ihr Verhalten zu beobachten, das ist eine ganz andere Sache. Genau in dem Augenblick, wenn die Wissenschaftler ihre Instrumente auf ein Kätzchen richten, ist es verschwunden, um kurz darauf an einer anderen Stelle aufzutauchen – vielleicht ganz oben in den Vorhängen. Einer anderen Theorie zufolge, die von Dr. Charles Wexler und seinem Onkel Ted vertreten wird, bedingt jedes Universum, in dem es runde Dinge gibt – von theoretischen kugelförmigen Körpern bis zu Pingpongbällen –, die Existenz eines ersten Kätzchens. In der Wissenschaft wird die Auffassung vertreten, daß der Begriff des ersten Kätzchens kein Gegenstand ernsthafter Forschung sein kann und in pseudowissenschaftliche Gefilde gehört. In der Pseudowissenschaft wird die Auffassung vertreten, daß es der Bestätigung mindestens dreier unabhängiger Schwachköpfe bedarf, damit irgend etwas wirklich als »pseudo« eingestuft werden kann.

Es ist eingewandt worden, daß unter den lebensfeindlichen klimatischen Verhältnissen auf dem Mars wohl kein Lebewesen lange überleben würde. Jedoch erweist sich die geringe Anziehungskraft dieses Planeten als Vorteil für die Katzenartigen. Sie können hier dreimal so hoch springen wie auf der Erde. Sie können an einem Kletterbaum zweimal so hoch klettern, und ein Klingelball rollt dreimal so weit. Und das ist mindestens so weit, wie ein ausgewachsener Pudel einen Ball mit der Nase rollen kann.

Obwohl auf der Erde möglicherweise ein großer Bedarf an unsterblichen Kätzchen vorhanden wäre, stimmen die meisten Wissenschaftler darin überein, daß die Menschheit sich hier Zurückhaltung auferlegen sollte. Andere wiederum meinen, daß wir, nachdem wir diese Wesen entdeckt haben, nun auch in der Verantwortung stehen, für ihre »Unterhaltung« zu sorgen. Dr. Enos Mowbrey und seine Frau/Cousine Jane, beide Forscher am Maikäfer-Institut für zoologische Studien in Chicago, sind der Auffassung, daß ein sechs Kilometer langer Wollfaden, in ungefähr dreißig Zentimeter lange Stücke geschnitten, ausreichen würde, um die Kätzchen angemessen zu unterhalten. Die Kosten für dieses Projekt würden sich wie folgt zusammensetzen:

> Sechs Kilometer Wolle: 135 $
> Schneiden der Wolle in einzelne Fäden: 8 $
> Bemannte Sonde, um Wollfäden zum Mars zu transportieren und damit herumzuwackeln: 6 Billionen $

Bedauerlicherweise ist Dr. Mowbreys Arbeit in Mißkredit geraten, da er unpassenderweise den mißverständlichen Begriff *Muschi* für Kätzchen verwendet hat.

Wenn Sie das nächste Mal zum Himmel hinaufsehen, dann seien Sie sich bewußt, daß unter den Myriaden von Sternen da oben ein blasser roter Punkt mit Namen Mars ist und daß auf diesem Planeten kleine Kreaturen leben, deren zarte Stimmchen vielleicht bald mit Donnerhall auf unserer Erde zu hören sein werden, ein Miauen galaktischen Ausmaßes.

Liebe Amanda

Dear Amanda

Liebe Amanda,
dies ist mein letzter Brief an Dich – ich glaube, unsere Entscheidung war richtig. Ich danke Dir für Deine Liebe. Die vergangenen fünf Monate waren wunderschön, und Du sollst wissen, daß die Zeit mit Dir als etwas ganz Besonderes in meinem Herzen weiterleben wird. Am besten sollten wir wohl in Zukunft nicht mehr telefonieren oder einander schreiben.

In Liebe,
Joey

Liebe Amanda,
ich hab gestern abend angerufen, weil im Fernsehen *Here's Lucy* kam – die Folge, wo sie den Kuchen macht –, und ich wußte, daß Du sie bestimmt gern gesehen hättest. Jedenfalls hab ich Dir eine Nachricht hinterlassen, und dabei bin ich wohl irgendwie ans Telefon

gekommen und hab versehentlich den Code zum Abfragen Deines Anrufbeantworters gedrückt. Tut mir wirklich leid. Ach ja – rein interessehalber –, wer ist eigentlich dieser Francisco?

Joey

Liebe Amanda,
mir ist eingefallen, daß die sechs Sakeschälchen noch bei mir sind, die ich damals bei unserem Stadtbummel für Dich gekauft habe. Ich würde sie Dir gern vorbeibringen – wann paßt es mal? Meine Telefonnummer hast Du ja, aber vielleicht versuchst Du es lieber im Büro, ich bin bis sieben dort, danach kannst Du mich auch im Wagen erreichen, oder zu Hause, meistens bin ich jetzt um dreiviertel acht da. Ich möchte Dir die Schälchen so bald wie möglich zurückgeben, weil Du sie bestimmt vermißt. Das war wirklich der letzte Brief.

Viele Grüße,
Joey

Liebe Amanda,
was für ein glücklicher Zufall, daß meine Katze gestern abend auf die Speichertaste mit Deiner Nummer

gesprungen ist – so konnten wir endlich mal wieder reden. Danach habe ich lange gerätselt, was du mit dieser vieldeutigen Bemerkung wohl sagen wolltest: »Es ist vorbei, Joey, begreif das doch endlich.« Ach ja, als ich letzte Nacht ganz zufällig bei Dir vorbeikam, stand ein gelber Ford Mustang vor der Tür, den ich dort noch nie gesehen habe. Ist das vielleicht der geheimnisvolle Francisco, von dem ich gerüchteweise gehört habe? Nicht, daß es mich etwas anginge, ich frage nur interessehalber. Übrigens hatte ich zufällig gerade eins von den Sakeschälchen im Auto und hab es vor Deiner Tür abgestellt. Seit wann hörst Du eigentlich so laut Musik?

Hochachtungsvoll,
Joey

Liebe Amanda,
dies ist mein letzter Brief an Dich. Ich tue Dir nur ungern weh, aber ich muß Dir sagen, es gibt eine neue Frau in meinem Leben. Du fändest sie bestimmt nett. Sie heißt Marsia – ihr Name hat genauso viele Buchstaben wie Deiner, lustig, nicht wahr? Übrigens habe ich läuten hören, daß Dein Francisco Ärger mit dem Finanzamt hatte oder immer noch hat. Sollte ich mich vielleicht mal mit ihm treffen? Inzwischen bin ich über die Sache weg und würde einfach gern helfen. Ein guter

Rat übrigens noch: Vorsicht mit diesen Latinos – da bist Du nie die einzige. Denk mal drüber nach.

Joey

PS: Hast Du vielleicht meinen Füller, den roten Parker? Ich bräuchte ihn unbedingt. Ruf mich doch bitte gleich an, wenn Du den Brief bekommen hast.

Liebe Amanda,
dies ist mein letzter Brief an Dich. Ich bin ziemlich sauer, daß Du Dir eine andere Telefonnummer zugelegt hast, und ich nicht weiß, wie ich Dich erreichen soll. Es könnte ja immerhin mal einen Notfall geben, und außerdem sind Deine schicken gepolsterten Kleiderbügel auch noch bei mir. Marsia hat mich neulich deswegen gefragt und mich ziemlich in Verlegenheit gebracht. Ich will sie nicht wegwerfen, vielleicht hängst Du ja daran ... Wir haben sie damals auf dem Flohmarkt gekauft – das war, als Deine Mutter so von mir geschwärmt hat, wie »nett« ich wäre, weißt Du noch? Also komm doch *bitte* vorbei und hol sie ab. Sie sind gar nicht gut für meine Beziehung zu Marsia. Mittwochs geht es bei mir immer, das heißt nach fünf, aber nur bis sieben, oder auch freitags, nur nicht während der Mittagszeit, auch montags paßt es mir, und am Wochenende sowieso. Dienstags ginge auch. Übrigens – im

Internet versucht ein Typ namens Francisco Frauen aufzugabeln. Man macht sich so seine Gedanken…

Joey

Liebe Amanda,
morgen ist Valentinstag, und ich hoffe, Du nimmst es mir nicht übel, daß ich Dir das Briefchen hier durchs Fenster werfe – mit der Post wäre es nicht rechtzeitig da gewesen. Der Stein, an den ich es gebunden habe, ist übrigens von unserer Tour durch die Wüste! Wie wäre es, wenn wir uns am vierzehnten kurz zum Lunch treffen? Du kannst gern auch Francisco mitbringen – vielleicht kann ich ja mal seinen Stapel Rechnungen vom Urologen mit ihm durchgehen. Und dann hätte ich gerne noch meine Briefe zurück – würdest Du den hier bitte auch gleich mitbringen? Bei der Gelegenheit könnte ich Dir dann auch Deine Kleiderbügel zurückgeben – und auch das Foto, auf dem ich nackt Fallschirm springe. Kannst Du mir so bald wie möglich Bescheid sagen? Ich warte hier draußen auf dem Rasen. Dies ist mein letzter Brief an Dich.

In Liebe,
Joey

Times New Roman meldet Mangel an Punkten

Times Roman Font Announces Shortage of Periods

Vertreter der beliebten Schriftart Times New Roman, die vor kurzem über einen Mangel an Punkten berichteten, haben angeboten, so lange auf andere Möglichkeiten zurückzugreifen – Anführungsstriche, Ausrufezeichen und Semikola –, bis die Krise durch Menschen wie Sie, lieber Leser, überwunden werden kann, Menschen, die, indem sie kreativ auf überflüssige Interpunktion Einfluß nehmen, es möglicherweise schaffen, die anhaltende Nachfrage nach Punkten zu drosseln, jenen Punkten, deren massiver Gebrauch in den letzten zehn Jahren der schreibenden Zunft nicht nur in unserer eigenen Sprache, sondern in praktisch allen Sprachen der Welt eine schwere Bürde auferlegt und eine ganze Litanei von Fragen hervorgebracht hat, so beispielsweise: Was soll ich bloß ohne Punkte anfangen? Wie kann ich noch schreiben? Ist das nicht schrecklich? Sind denn alle verrückt geworden? Führt das nicht zu einem Mißbrauch anderer, weniger interessanter Satzzeichen???

»Am anfälligsten sind jene Schriftsteller, die kurze, abgehackte Sätze bevorzugen«, sagte ein Sprecher und fügte hinzu: »Wir versuchen, hier Abhilfe zu schaffen, und schlagen Alternativen vor, so beispielsweise Wörter mit Umlauten, denn die haben wir doch reichlich, geradezu im Überfluß, wir könnten, dürften, ja müßten sie viel häufiger nützen – würzen sie doch den Text, auch äußerlich, mit ihrer graziösen Symmetrie, häufig über der Mitte der Wörter hängend – hüben und drüben fügen sich die übrigen Buchstaben an – künden sie nicht nur von der Aussprache, sondern mehren darüber hinaus auch den Ruhm des Autors, denn sie sind schön und ähneln dem Punkt nicht nur, nein sie sind an und für sich überhaupt nicht von ihm zu unterscheiden, und beim flüchtigen Überfliegen könnte der Leser meinen, der Text wäre voller Punkte!«

Henry Hirnding, ein Schriftsteller, der zurückgezogen in einer Hütte in Montana lebt – der einzige Schriftsteller, der zurückgezogen in einer Hütte in Montana lebt und nicht verrückt ist, steht vor dem gleichen Dilemma wie alle Schriftsteller unseres Landes: »Ich habe einen Satz geschrieben, der jetzt einfach ein Ende braucht, denn er ist inzwischen sechzehn Seiten lang, reicht schon bis zur Tür hinaus und zieht sich mittlerweile so hin, daß ich befürchte, ein Punkt könnte gar nicht mehr reichen, daß ich mindestens zwei bräuchte, um ihm ein Ende zu bereiten, wobei ich für den Fall, daß das auch nicht reicht, schon eine Elefantenbüchse bestellt habe, die ich, wenn ich nicht bald Punkte bekomme, zum Einsatz bringen muß ...« Die internationale Zeitschrift *Der Hebräer* hat folgenden Notruf veröffentlicht: »Wir haben derzeit mehr links stehende Punkte, als wir benötigen, und würden Mister Hirnding – sowie allen anderen in Not Geratenen – gern damit aushelfen!« . Punkt stehenden links den – einfügen ihn Sie wenn, wegguckt gerade Satz der daß, hinkriegen so nur es müssen Sie

Folgendes Telegramm bringt die Nöte der Schriftsteller auf den Punkt:

> Laßt wieder Punkte springen – Stop – Macht
> endlich einen Punkt – Stop – Überwindet
> toten Punkt und kommt wieder auf den Punkt
> – Stop
>
> Punktum!
> Tom Stoppard

Es erübrigt sich wohl zu sagen, daß die Auslassungspunkte immer mehr unter Druck geraten sind ...

»Ich versichere Ihnen«, sagte der Sprecher, »ich versichere Ihnen, daß es sich bei den Auslassungspunkten nicht – ich wiederhole, *nicht* – einfach um drei aneinandergehängte Schlußpunkte handelt und daß, obwohl einige Schriftsteller sie wegen ihrer Punkte gefleddert haben, diese nicht nur äußerst unschön, sondern auch wirkungslos sind, wenn sie verwendet werden, um einen

Satz abzuschließen! ¿Ein Auslassungspunkt ist ein viel zu schwacher Punkt – was hier nicht als Wortspiel zu verstehen ist –, um einen modernen Satz abzuschließen, dazu bräuchte man mindestens *zwei* Auslassungspunkte, so daß der dritte wie ein toter Punkt zurückbleiben würde – auch dies ist keinesfalls als Wortspiel zu verstehen –, und wonach sähen denn zwei Punkte am Ende eines Satzes aus, doch nach einem Druckfehler, oder, Amigos? Und warum ist gerade Times New Roman so wichtig? Wieso können die Schriftsteller denn nicht eine der weniger gebräuchlichen Schriftarten verwenden, wie beispielsweise Digedag Deluxe, Platin-Latin Extrabreit oder Sautot-Halali?« Tatsächlich gibt es eine Tendenz hin zur alternativen Interpunktion, so beispielsweise bei dem im Süden von Texas verbreiteten apokalyptischen Neupunktkult, dessen Anhänger nach dem Motto handeln: »Warum probieren wir nicht einfach neue, andere Formen der Interpunktion aus und bringen uns dann um?« Wie leicht erschließen sich so zum Beispiel diese sonst schwer verständlichen Epigramme von Shakespeare:

> Nicht jede Wolke einen Sturm gebiert ☺
> Horatio, ich sterbe ☹

Erinnerungen an den Boykott der Sternchen durch Albertus Extra Bold vor ein paar Jahren tauchen auf, und es bleibt zu hoffen, daß die Krise bald überwunden wird, denn ein Leben nur mit Ausrufezeichen, so aufregend es zunächst erscheinen mag, bleibt doch oberflächlich und ist kein wirkliches Leben! Ansonsten könnte man natürlich auch auf andere Schriftarten zurückgreifen, aber mal ehrlich: Was sehen Sie lieber – Platin-Latin Extrabreit oder die kurvenreiche Sinnlichkeit von Times New Roman? Der Mangel an sich kann auch von Nutzen sein, wenn er denn bald vorüber ist, denn er hat zumindest dem Autor der vorliegenden Zeilen den Wert seines einen verbliebenen Punktes bewußt gemacht, und so setze ich ihn nunmehr mit dem größten Respekt.

Schrödingers Katze

Schrödinger's Cat

Eine Katze befindet sich zusammen mit einem radioaktiven Atom in einem Kasten. Zerfällt das Atom, wird die Katze von einem Hammer erschlagen, zerfällt das Atom nicht, bleibt die Katze am Leben. Da nicht bekannt ist, in welchem der beiden Zustände sich das Atom befindet, bevor der Beobachter den Kasten öffnet, ist davon auszugehen, daß die Katze gleichzeitig tot und lebendig ist.

DAS KATZEN-PARADOXON, Erwin Schrödinger, 1935

Wittgensteins Banane

Eine Banane fliegt erster Klasse von New York nach Los Angeles. In jeder der Städte befindet sich ein Wissenschaftler, sie unterhalten sich per Telefon über die Banane. Da diese sich in bezug auf das sie bezeichnende Substantiv bewegt, nimmt das Designat des Wortes *Banane* zu keinem Zeitpunkt ein und denselben Raum ein, und etwas, das keinen Raum einnimmt, existiert nicht. Daher steht bei der Ankunft der Banane in New York keine Limousine am Kennedy-Airport bereit, und das, obwohl eine bestätigte Reservierung aus Los Angeles vorliegt.

Elvis' Holzkohlenbrikett

Auf einem luftdicht abgeschlossenen Grill braten Würstchen. Die Holzkohle verbraucht Sauerstoff und zerfällt dabei allmählich. Ein Achterbahn fahrender Beobachter bekommt Appetit auf die Würstchen, wird jedoch aus dem Wagen geworfen, wenn er aufsteht und ruft: »Elvis, mach mir ein Hotdog!«

Maitre Boyardees Bungee-Seil

Ein Bungee-Seil wird mit einem Ende an ein Neutrino angehängt und mit dem anderen Ende an ein Vibraphon. Anschließend wird das Neutrino auf Lichtgeschwindigkeit beschleunigt, während das Vibraphon von der Oakland Bay Bridge geworfen wird. Das Seil dehnt sich und wird infinit dünn, das Neutrino zerfällt, und das Vibraphon wird von dem zurückschnellenden Seil zerschmettert. Ein am Ufer stehender Beobachter wird jedoch den Eindruck haben, er höre Tschaikowskys Klavierkonzert Nr. 2, aufgeführt von Maître Boyardees Onkel Nemo.

Sacajeweas Regencape

Lewis und Clark, die beiden Forschungsreisenden, sind begeistert von dem Regencape, das Sacajewea, die indianische Frau ihres Dolmetschers, trägt. Nach sechs Monaten in der Wildnis will Lewis ständig das Regencape tragen, auch wenn es nicht regnet. Clark hingegen will, daß Sacajewea das Regencape weiter trägt, denn er hat keine Lust, sich mit Lewis herumzuärgern, weil der möglicherweise anfängt, herumzutanzen, sobald er das Regencape anhat. Ein Beobachter, der aus dem einundzwanzigsten Jahrhundert zurückblickt, wird dies jedoch als völlig normal empfinden.

Apollos apfelloser Unstrudel

Stellen Sie sich vor, wie Apollo rückwärts die Saturnringe entlangeilt und dabei einen Teller mit warmem Apfelstrudel trägt. In einem anderen Universum, das mit dem unseren nur durch ein Wurmloch verbunden ist, befindet sich eine Kugel Vanilleeis. Das Vanilleeis bewegt sich unaufhaltsam auf das Wurmloch zu und landet schließlich irgendwann auf dem Strudel. Dennoch trifft Partnertausch in vielen Ländern immer noch auf Ablehnung.

Jim Dandys Eimer voll Pampe

Jim Dandy wird in ein dreidimensionales Labyrinth geschickt. Die Hosen werden ihm an den Knöcheln zugebunden und dann mit Sand gefüllt. Immer wenn er eine neue Dimension des Labyrinths erreicht, muß er eine Kritik des Films *Titanic* schreiben und ihn erst mit einem, dann mit zwei und schließlich mit drei Sternen bewerten, ohne jedoch Besucherzahlen zu nennen. Wenn er bis zum Ende des Labyrinths vorgedrungen ist, darf er seine Hosenbeine aufbinden. Der herausrieselnde Sand bildet dann einen Kegelpokal, den er mit nach Hause nehmen darf.

Feynmans Dilemma

Ein Gast fragt den Kellner: »Sagen Sie mal, was macht denn die Fliege in meiner Suppe?« Der Kellner antwortet: »Sieht aus wie Rückenschwimmen.« Wenn man diese Szene jedoch betrachtet, während man mit Lichtgeschwindigkeit in ein Schwarzes Loch stürzt, wird es aussehen wie eine Brotbüchse aus den dreißiger Jahren mit einer Mickymaus darauf – wobei jedoch der Kopf der Mickymaus aus einer Centmütze mit dem Gesicht von Lincoln besteht.

George Hamiltons Höhensonne

George Hamilton wird in einem leerstehenden Lagerraum neben einem Sonnenstudio auf der erdabgewandten Seite des Mondes fallen gelassen. In das Sonnenstudio gelangt man nur über eine Außentür; wenn George jedoch durch diese Tür nach draußen tritt, wäre er tödlicher Gammastrahlung ausgesetzt. George könnte sein eigenes Sonnenstudio eröffnen, wenn er die Telefonleitung von nebenan anzapfen und einfach die Kunden übernehmen würde. Und dann brutzelt George doch, als er aus dem Lagerraum tritt und sich dabei eine Silberfolie vors Gesicht hält.

Band der Freundschaft

Taping My Friends

Jerome

(Ein Freund, 22 Jahre alt)

ICH: ... und – weiß deine Frau davon?

JEROME: Ich hoffe, daß sie's nicht erfährt.

ICH: Daß sie was nicht erfährt?

JEROME: Na, was ich dir gestern erzählt habe.

ICH: Ach so. Na klar, ich weiß schon, aber du hast es irgendwie so prägnant formuliert – wie war das noch?

JEROME: Ich will nicht, daß sie erfährt, daß ich diese Kellnerin zu einem Drink eingeladen habe. War einfach blöd von mir.

ICH: Also hast du die Kellnerin tatsächlich zu einem Drink eingeladen?

JEROME: *[Unverständlich]*

ICH: Was hast du gesagt?

JEROME: Ja.

ICH: Was heißt »Ja«?

JEROME: Ja, ich habe die Kellnerin zu einem Drink eingeladen.

ICH: Wie war noch mal ihr Name?

JEROME: Dinah ... Sag mal, leidest du an Gedächtnisschwund?

ICH: Offensichtlich – könntest du vielleicht noch mal zusammenfassen?

JEROME: Ich habe diese Kellnerin, Dinah, zu einem Drink eingeladen.

ICH: Die Sache bleibt natürlich unter uns.

JEROME: Ich danke dir, Alter.

Virginia
(Ex-Freundin)

VIRGINIA: Wir hätten es nicht tun sollen – ich komm mir so mies vor.

ICH: Sekunde, ich bin gleich soweit.

[Piependes Geräusch, als ein Tonband eingeschaltet wird]

VIRGINIA: Was war denn das?

ICH: Was denn?

VIRGINIA: Das Piepen eben.

ICH: Ach das – nur ein Lieferwagen draußen, fährt wohl rückwärts. Und, weswegen kommst du dir jetzt mies vor?

VIRGINIA: Du weißt schon – wegen neulich Abend. Es wäre schrecklich, wenn Bob es erfahren würde.

ICH: Wie sollte er es denn erfahren?

VIRGINIA: Also du wirst ihm nichts sagen?

ICH: Wie kannst du nur so was von mir denken?

VIRGINIA: Entschuldige bitte.

ICH: Aber was soll er denn nun eigentlich nicht erfahren?

VIRGINIA: Na, du weißt doch. Daß wir uns geküßt haben und dann … du weißt schon.

ICH: Es war wunderschön. Kannst du es nicht noch einmal erzählen?

VIRGINIA: Wie nett – auf einmal bist du so romantisch. Kaum zu glauben, als wir noch zusammen waren, da warst du immer so kalt, so engherzig …

[Tonband wird abgeschaltet]
[Stille]
[Tonband wird wieder angeschaltet]

VIRGINIA: … immer getrennte Rechnungen, du warst so was von daneben. Was hat denn da eben gepiept?

ICH: Schon wieder der Lieferwagen. Aber wie war das jetzt mit dem Kuß?

VIRGINIA: Ja, also wir waren zusammen essen, und dann hast du mich nach Hause gebracht, und im Hauseingang haben wir uns geküßt und … na, du weißt schon.

ICH: Und wer ist noch mal »wir«?

VIRGINIA: Wir? Na du und ich.

ICH: Und wie heißt du?

VIRGINIA: Spinnst du? Ich bin Virginia!

ICH: …Ich hab es so gern, wenn du deinen Namen sagst …

Wilhelmina

(Eine Geschäftspartnerin)

ICH: Schön, hier am See spazierenzugehen, nicht wahr, Wilhelmina?

WILHELMINA: Ja, wirklich schön. Eine wunderbare Blume hast du da am Revers…

[Schnüffel, schnüffel]

ICH: Sag mal, Wilhelmina, bei deiner Arbeit im Finanzamt, bekommst du da eigentlich auch die Steuererklärung vom neuen Mann meiner Ex-Frau in die Hände?

WILHELMINA: Ja, sicher, aber ich würde nie…

[Bums, bums, bums, bums]

ICH: Entschuldige, was hast du eben gesagt?

WILHELMINA: Ich sagte, ich würde nie Informationen…

[Bums, bums, bums, bums]

ICH: Wilhelmina, bitte fummle mir nicht so am Revers herum.

WILHELMINA: Oh, entschuldige…

Ma
(Mutter)

ICH: Ma, kannst du mir nicht schnell noch mal erzählen, wie das damals war – vor zwölf Jahren, als du dich so über Daddys falsche Steuererklärung geärgert hast?

MA: Laß mich kurz überlegen… Ja, ich glaube, er hatte das Einkommen aus seinem Nebenjob nicht vollständig angegeben… Es war wirklich schlimm. Du brauchtest das Geld fürs College, weißt du noch?

ICH: Ja, genau.

MA: Und zwar für… Ach, ich komm einfach nicht mehr drauf.

ICH: Für diese Prüfungsantworten.

MA: Wie bitte? Ich hab dich nicht verstanden.

ICH: Ich sagte… Was hat denn da eben gepiept?

MA: Nur ein Lieferwagen draußen, fährt wohl rückwärts… Was hast du gesagt?

ICH: Ich brauchte das Geld, um mir die Antwortbögen für die Eignungsprüfung fürs College zu besorgen. Aber das bleibt unter uns, Ma!

MA: Aber natürlich… Wäre ja schlimm, wenn du deiner eigenen Mutter nicht mehr trauen könntest.

Das Wesen der Materie und ihre Vorläufer

The Nature of Matter and Its Antecedents

Letzte Woche setzte ich mich mit meinen Agenten zusammen, um zu beraten, was ich als nächstes machen sollte. Marty meinte, daß das Publikum von einem Steve Martin jetzt eine Komödie sehen wolle. Tony sagte, daß ein Steve Martin jetzt eine hübsche kleine Nebenrolle in einem Theaterstück spielen sollte – irgend etwas »Preisverdächtiges«. Michelle hatte eine ganz andere Idee: »Jack ist Ritter der Ehrenlegion, also besorgen wir dir den Nobelpreis. Du machst eine grundlegende wissenschaftliche Entdeckung und schreibst eine Abhandlung darüber. Genau das erwartet die Öffentlichkeit jetzt von einem Steve Martin.« Ich hatte mich zwar selbst noch nie als *einen* Steve Martin gesehen, aber ich war es wohl – und ehrlich gesagt, es hörte sich gut an.

»Und wie hast du dir das vorgestellt?« fragte ich.

»Na ja, vielleicht schreibst du ja was über die Materie oder das Wesen der Materie. Tom Cruise arbeitet gerade über die Reversion der DNS. So was kannst du doch auch. Und wahrscheinlich sogar besser.«

»Aber eigentlich interessiere ich mich gar nicht für die Materie, sondern für das, was davor war. Für den Augenblick vor dem ›Urschleim‹, wo es nicht mehr *nichts*, aber auch noch nicht *etwas* ist.«

»Aber das ist doch reine Wortklauberei, Steve«, sagte Michelle. »Das bedeutet doch, daß etwas existiert, bevor es existiert.« Ich sah sie an und fragte mich, wie man nur so dumm sein konnte.

»Jetzt klingst du wie Bruce und Demi neulich in *Schauspiel und Wissenschaft*«, erwiderte ich. »Hast du ihren Artikel gelesen? Ich hätte große Lust, ihre semantische Argumentation mal richtig auseinanderzunehmen.«

Da rückte Michelle ganz nahe an mich heran und fragte: »Ja, und warum tust du's nicht einfach?« Und schon hatte sie mich da, wo sie mich hinhaben wollte.

Ich erinnerte mich an Stallones ersten Entwurf zu *Rambo*. Der wurde zwar etliche Male umgeschrieben, aber nebenbei führte Sly in aller Stille Versuche zur unregelmäßigen Ausdehnung von Explosionsgeräuschen durch. Er ging von der Annahme aus, daß sich derartige Geräusche in Luft, die bereits von einer anderen Explosion erschüttert worden war, schneller ausbreiten, was zu dem eigenartigen Phänomen führt, daß ein Beobachter die weiter entfernte Explosion zuerst hört. Von seinem Studio habe ich später erfahren, daß sie damals nicht besonders viel von seinem Drehbuch hielten, aber seine wissenschaftliche Arbeit war so faszinierend, daß sie ihn weiterschreiben ließen. Sly kam es bei dieser Arbeit nicht auf die öffentliche Anerkennung an, aber er verbrachte Stunden mit dem Abmischen des Tons für den Film und achtete darauf, daß er bis ins letzte Detail der Wirklichkeit entsprach.

Am nächsten Tag hatte ich meinen mittäglichen Termin beim Psychiater. Wir hatten Glück und bekamen einen Ecktisch im »Spago«. Ich sprach ganz offen über meine Ängste im Zusammenhang mit dem Nobelpreis und gab auch zu, daß ich befürchtete, zur Zeit der Preisverleihung weder einen Flug nach Stockholm noch ein anständiges Hotelzimmer zu bekommen. Mein Psychiater sagte, daß man für wissenschaftliche Arbeit auf ganz persönliche Weise belohnt würde, nämlich mit dem befriedigenden Gefühl, etwas nur getan zu haben, um es gut zu tun. Mein zweiter Psychiater widersprach dem. Jetzt habe ich einen Termin mit dem dritten gemacht – dem, der für die »Golden Goals« zuständig ist.

In der Nacht darauf war ich mit Sharon Stone in einer Limousine unterwegs. Mitten im Sex unterbrach ich kurz, um ihr die folgende Frage zu stellen: »Kann etwas im Zustand des Werdens sein und doch noch nicht existieren?« Sharon schlug die Beine übereinander, so wie nur sie es kann, und sagte dann etwas so umwerfend Kluges, daß ich am ganzen Körper wie elektrisiert war. »In Swahili schon. Aber wo waren wir stehengeblieben?« In ihren Worten lag die Erwiderung auf Bruce und Demi: *Nur in unserer und den anderen germanischen Sprachen muß ein Ding bereits vor seiner Existenz existieren.* Sharons Agent beugte sich vor. »Erzähl weiter, Sharon, was meinst du damit?« Sharon erklärte: »Es geht dir doch wohl nicht darum, daß aus einer Weintraube eine Rosine wird, nein, es geht um den Zustand zwischen dem reinen Nichts sein und dem reinen Sein.« Ich sah nach unten, immer noch ganz steif. Sharon fragte: »Von wem ist deine Sonnenbrille?« »Von Armani. Ich habe sie in Boston in einem Laden gesehen, aber dort war sie reduziert, also habe ich gewartet und sie dann bei Barney's zum regulären Preis gekauft.«

Schließlich kamen wir beim »Ivy« an, wo wir mit John, Goldie und Kurt, Tom und Nicole und mit Sly zum Dinner verabredet waren. Unser Tisch war noch nicht fertig, also schmissen wir ein paar Touristen raus und machten uns über ihr Essen her.

Wir redeten den ganzen Abend. Sly überraschte uns mit neun Anagrammen des Wortes *Rambo*, John amüsierte die Gesellschaft, indem er unsere Flasche mit Evian in sprudelndes Perrier verwandelte – einfach durch den Zusatz von Salpetersäure und Gummischnitzeln. Kurt und Goldie sprachen über ihr Projekt der Katalogisierung sämtlicher Heuschrecken in Colorado – »bis auf die allerletzte!« Tom erzählte, daß er mit einer Art Saugpistole eine Grippe in vier Sekunden heilen könne – leider wären Trommelfelle so schlabberig, daß sie nach der Behandlung immer aus den Ohren heraushingen. Unsere Agenten standen hinter uns, und einer von ihnen machte die weise Bemerkung, daß die Seele neu geboren wird, wenn man etwas für sich selbst tut, etwas, das man dann nicht einfach in Asien verkauft, und alle stimmten ihm zu. Natürlich wechselten wir jedesmal schnell das Thema, wenn sich ein Kellner oder ein Fan dem Tisch näherte, und sprachen dann über Lederhosen von Prada, denn wir wollten – zumindest für diesen Abend – unser kleines Geheimnis für uns behalten.

Ich ließ meine Gedanken einen Augenblick lang schweifen und dachte dann an meine Forschungsarbeit. Zwar wünschte ich mir, mit meinem wissenschaftlichen Werk bekannt zu werden und es unter meinem eigenen Namen zu veröffentlichen, aber ich wußte auch, daß mich das möglicherweise den Nobelpreis kosten würde. Das Komitee würde es sicher ablehnen, den Preis einem Mann zu verleihen, der seinen Lebensunterhalt damit verdiente, sich vor anderen zum Affen zu machen. Ich überlegte, ob ich die Arbeit unter einem Pseudonym veröffentlichen sollte – Stiv Mortin, beispielsweise, oder Steeve Maartin –, um das Nobelpreiskomitee zu täuschen. Da riß mich Nicole aus meiner Träumerei, als sie in die Runde fragte: »Warum machen wir das eigentlich – das mit der Wissenschaft?« Keiner antwortete – bis ich schließlich aufstand und sagte: »Es hängt doch auch Geld am Nobelpreis, oder?«

Der Vorschlaghammer – so funktioniert er

The Sledgehammer: How It Works

Heutzutage leiden viele Erwachsene, die ansonsten keine Schwierigkeiten haben, die kompliziertesten technischen Geräte zu bedienen, allesamt an einer modernen Krankheit: der Vorschlaghammerphobie. »Ich hab das Gefühl, er zerbricht mir«, »Ich komm auch ohne so etwas ganz gut aus«, »Da hört mein technisches Verständnis auf« – das sind die am häufigsten zu hörenden Klagelieder der Betroffenen. Diese Berührungsangst ist zum großen Teil auf Unkenntnis zurückzuführen. Wenn man ein »schweres Stück Eisen« an einem Hyperzissoidenstumpf anbringt, entsteht ein instabiler Hebel. Das heißt, wenn Sie ein Fernseher sind, in dem gerade eine Werbesendung für ein Diätkochbuch läuft und der im Wohnzimmer eines frustrierten, weil nicht veröffentlichten Dichters steht, der einen Vorschlaghammer in der Hand hält, dann sollten Sie auf der Hut sein.

Der unerfahrene Vorschlaghämmerer (vom mittelhochdeutschen *Vorschlaghammerramadamalamadingdong* abgeleitet) sollte sich zunächst mit einigen Begriffen vertraut machen:

BUMMS: Das Geräusch, das die »Klapper« (umgangssprachlich für das »schwere Stück Eisen«) macht, wenn sie auf das »Zeug« (s. u.) geschlagen wird.

ZEUG: Dinge, die geschwartet (s. u.) werden sollen.

SCHWARTEN: Aufschlag der Klapper auf das Zeug.

BRÖSEL: Was nach dem Schwarten übrigbleibt.

Viele staunen, wenn sie erfahren, daß es am Vorschlaghammer nur ein bewegliches Teil gibt – den Vorschlaghammer selbst. Dennoch hört man von verunsicherten Erstkäufern immer wieder die Frage: »Soll ich jetzt kaufen oder lieber auf das neue Modell warten?« Dabei vergessen sie, daß sich die Veränderungen am Vorschlaghammer in den letzten dreitausend Jahren an einem Finger abzählen lassen. Gegenwärtig sind nur zwei Typen Vorschlaghämmer auf dem Markt: der mit einem ein Meter langen Stiel und einem Bleigewicht am Ende, auch bekannt unter der Bezeichnung »Modell Normal«, und ein neues Modell, zur Zeit in der Testphase, mit einem ebenfalls ein Meter langen Stiel und einem Bleigewicht in der Mitte, auch »Modell Unternormal« genannt. Lassen Sie sich auf keinen Fall von den Turbulenzen des Marktes verunsichern. Je länger Sie warten, um so weniger Dinge werden Sie zerschmettern.

»Es gibt eine natürliche Angst vor dem Vorschlaghammer«, meint die Nationale Gesellschaft für Vorschlaghämmer und gebrochene Zehen und bietet daher eine Liste der häufigsten Unfälle sowie Hinweise zum sicheren Gebrauch des Vorschlaghammers an. So führt die Überkopfposition beispielsweise häufig zu quälenden Schmerzen in den unteren Extremitäten, verursacht durch das Verkeilen des Hammers zwischen den Oberschenkeln am Ende des Rückschwungs. Des weiteren gibt es den Hinterkopf-Eigenknockout bei seitlichen Schwüngen, auch wenn er sehr selten auftritt und dann nur – um im Jargon der Wissenschaftler zu sprechen – »wirklich bekloppte Typen« betrifft. Auch beim Reinigen kommt es zu Unfällen. Ein Hobbyhämmerer aus Valdosta in Georgia berichtete, daß sich sein Vorschlaghammer, als er ihn von Farbe befreien wollte, plötzlich selbständig machte und die Wand seines Wohnzimmers zerstörte, und das, obwohl er den Griff nicht einen Augenblick losließ.

Trotz all dieser Schattenseiten ist die Welt des Vorschlaghammers voller Enthusiasten. »Ich finde den Vorschlaghammer total erotisch«, sagt Jane Parpadello, Börsenmaklerin an der Wall Street, und fügt hinzu, daß ihre private Nummer im Telefonbuch steht. »Ich glaube, es liegt daran, daß mein Vater wie ein Vorschlaghammer gebaut war – der lange Körper aus Holz und der Kopf aus

Eisen. Wenn ich heutzutage einen Mann mit einem solchen Körperbau sehe, dann möchte ich ihn am liebsten packen und gegen eine Hauswand schmettern.«

Der König des Vorschlaghammers, Marty Delafangio, dessen Vermögen auf zweiundvierzigtausend Dollar geschätzt wird, mußte kürzlich dem Kongreß Rede und Antwort darüber stehen, wieso er sein marktbeherrschendes Produkt mit einem Web-Browser verknüpft hat. »Ich hatte das Gefühl, daß man damit eine Menge Geld machen könnte«, sagte Delafangio. »Und eine Kombination aus Web-Browser und Vorschlaghammer ist doch die natürlichste Sache der Welt.« Der Kongreß war anderer Auffassung, und der Web-Browser darf nunmehr nur noch als optionales Zubehör verkauft werden. Ein Zugeständnis wurde jedoch gemacht – die Puderquaste als Extra bleibt erhalten.

Auch bei Schaustellern verzeichnet man ein zunehmendes Interesse am Vorschlaghammer. »Früher waren wir immer unter uns, wenn wir ein Zirkuszelt aufgestellt haben«, sagt Toby, der seit vierundzwanzig Jahren bei Barnum & Bailey arbeitet. »Heutzutage sind schon frühmorgens die Verrückten vom Vorschlaghammerclub der Stadt da und schauen mir zu, wie ich die Pfähle einschlage – es ist abstoßend, ich komme mir vor wie im Zirkus. Einer von denen hat mich dann für dieses Fanmagazin interviewt. Ich hab ihn auch mal zuschlagen lassen. Es sah aus, als ob Däumelinchen versuchte, einen Sattelschlepper am Kühlergrill hochzuheben. Aber ich will mich nicht beklagen, immerhin kommen auch jede Menge Mädels. Obwohl, da war mal eine, die hat mich an den Fußgelenken gepackt und mich an eine Hauswand geknallt.«

Seit ungefähr zehn Jahren nun wird der Vorschlaghammer endlich als das gesehen, was er eigentlich ist: ein Werkzeug, ein Ding, ein schwerer Gegenstand. Und in einhundert Jahren, wenn er dank der modernen Technik zu einer eleganten, aerodynamischen, digitalen *Über*maschine geworden ist, dann wird er sicher immer noch das tun, was er auch heute schon tut: das Mächtige zum Einsturz bringen und Beulen in das Harte schlagen.

Platos Paparazzi

The Paparazzi of Plato

BULEVAROS: Sokrates, ich wollte Ihnen meine neue Nikon fm2 mit dem 600er Teleobjektiv zeigen.

SOKRATES: Sehr schön. Damit lassen sich bestimmt gut Bilder von in der Ferne auffliegenden Enten machen.

MOPEDOS: Eine tolle Sache, besonders in Kombination mit einem schnellen Motorrad und einem Infrarot-Nachtsichtgerät.

IGNORATOS: Was fotografieren Sie denn sonst noch außer Naturmotiven?

BULEVAROS: Kinder fotografiere ich gern.

SOKRATES: Das ist eine gute und edle Beschäftigung.

BULEVAROS: Es gibt nichts Schöneres, als eine Mutter zu fotografieren, die ihrem Kind die Brust gibt. Erst recht, wenn es Madonna ist.

IGNORATOS: Sie haben Madonna fotografiert, wie sie ihrem Kind die Brust gibt?

BULEVAROS: Ja, so ist es.

SOKRATES: Und – was ist sie für ein Mensch?

BULEVAROS: Na ja, ich habe nicht mit ihr persönlich gesprochen.

SOKRATES: War sie so mit sich selbst beschäftigt, daß sie nicht mit Ihnen sprechen konnte?

BULEVAROS: Nein, daran lag es nicht. Aber wegen meines Objektivs konnte ich nicht näher als dreihundert Meter an sie heran und mußte sie durch das Schlafzimmerfenster fotografieren.

IGNORATOS: Ich kann mir kaum vorstellen, daß Madonna damit einverstanden ist, sich so fotografieren zu lassen.

BULEVAROS: Es war ein stillschweigendes Einverständnis.

IGNORATOS: Aber Sie haben doch offensichtlich ihre Privatsphäre verletzt.

SOKRATES: Ignoratos, wie definierst du denn Privatsphäre?

IGNORATOS: Privatsphäre bedeutet, vor den Blicken anderer geschützt zu sein.

SOKRATES: Und – ist man auf einem belebten Marktplatz vor den Blicken anderer geschützt?

IGNORATOS: Wohl kaum.

SOKRATES: Und wenn man allein im Auto ist?

IGNORATOS: Schon eher, Sokrates.

SOKRATES: Und ist man in einem Auto mit getönten Scheiben vor den Blicken anderer geschützt?

IGNORATOS: Da fängt wohl an, was ich mit Privatsphäre meine.

SOKRATES: Und ist man zu Hause in seiner Privatsphäre?

IGNORATOS: Auf jeden Fall.

SOKRATES: Und es ist doch so, daß man seine Privatsphäre schützt, wenn man getönte Scheiben hat oder eben zu Hause bleibt?

MOPEDOS: So ist es.

IGNORATOS: Aber Madonna war doch offensichtlich zu Hause.

SOKRATES: Sicher, aber sie hatte weder getönte Fensterscheiben, noch war sie allein.

MOPEDOS: Genau, ihr Baby war bei ihr!

SOKRATES: Also hat sie ihre Privatsphäre doch nicht geschützt – und wie kann man etwas verletzen, was nicht geschützt ist?

IGNORATOS: Jetzt verstehe ich nun wirklich gar nichts mehr.

SOKRATES: Kann etwas gleichzeitig getönt und doch nicht getönt sein?

IGNORATOS: Das ist ja wohl unmöglich.

SOKRATES: Kann etwas gleichzeitig privat und öffentlich sein?

IGNORATOS: Das schließt einander doch aus.

SOKRATES: Und stimmt es nicht, daß Privatsphäre und getönte Fenster ein und dasselbe sind?

MOPEDOS: Das ist der Beweis!

SOKRATES: Bulevaros, wo warst du, als du das Foto gemacht hast?

BULEVAROS: Ich habe mich auf einem Dach versteckt. Außerdem hatte ich schwarze Sachen an und eine Kapuze auf dem Kopf.

SOKRATES: Also hast du deine Privatsphäre geschützt – wohingegen Madonna in das Objektiv deiner Kamera eingedrungen ist?

BULEVAROS: Dagegen kann ich wirklich nichts einwenden.

IGNORATOS: Aber ist es denn nicht unrecht, einer Frau nachzuspionieren, die ihr Baby stillt?

MOPEDOS: Wenn man eine berühmte Sängerin ist, dann ist es unrecht, das für sich behalten zu wollen.

IGNORATOS: Aber wieso denn?

BULEVAROS: Weil die Öffentlichkeit ein Recht darauf hat, informiert zu werden.

SOKRATES: Ist es denn nicht so, Ignoratos, daß die Öffentlichkeit beim Einkauf im Supermarkt am Zeitungsregal das heftige Verlangen überkommt, das Baby von Alec Baldwin zu sehen oder Frank Gifford beim Sex?

IGNORATOS: Es ist nicht zu leugnen.

SOKRATES: Dieses Verlangen, in demokratischen Gesellschaften als »Freiheit am Zeitungsregal« bekannt, ist wichtig, denn ohne dieses Verlangen hätten Franks Kinder nie von seiner Verfehlung erfahren.

IGNORATOS: Deine Argumentation ist einfach unangreifbar. Aber warum gab es nie ein ähnliches Verlangen, sagen wir, Jimmy Stewart beim Sex zu sehen?

SOKRATES: Weil Jimmy Stewart einfach nicht das »gewisse Etwas« hatte.

BULEVAROS: Ja, Ignoratos, leider war der Geschmack der Öffentlichkeit in jenen Tagen noch nicht so anspruchsvoll.

IGNORATOS: In welch einer wunderbaren Zeit wir doch leben!

MOPEDOS: Ich könnte mir keine schönere vorstellen.

SOKRATES: Aber jetzt laßt uns gehen und schauen, ob wir nicht einen Schnappschuß von Plato und Aristoteles machen können, wie sie am FKK-Strand herumspringen. Vielleicht bringt das ja genug fürs Mittagessen.

Nebenwirkungen

Side Effects

Dosierung: Bei Gelenkschmerzen alle sechs Stunden zwei Tabletten.

Nebenwirkungen: Dieses Medikament kann Übelkeit, Gelenk- und Kopfschmerzen sowie Atembeschwerden verursachen. Es können Muskelschmerzen, Herzrasen oder Ohrgeräusche auftreten. Bei Schwächegefühl sollte ein Arzt konsultiert werden. Meiden Sie Alkohol, wenn Sie das Medikament einnehmen; abzuraten ist auch vom Genuß von rotem Fleisch, Schalentieren und Gemüse. Flunder kann bedenkenlos gegessen werden. Unter keinen Umständen sollten Sie Yakfleisch zu sich nehmen. Bei Männern kann es zu Schmerzen beim Wasserlassen im Sitzen kommen, und zwar besonders dann, wenn der Penis zwischen Klosettbrille und -becken eingeklemmt ist. Zu explosivem Erbrechen kommt es bei dreißig Prozent – Pardon, fünfzig Prozent der Patienten. Sollten Schwindelgefühle, begleitet von Migräne und hörbar rasselndem Atem, auftreten, ist die Dosis zu verdoppeln. Es ist mit Beinkrämpfen zu rechnen, wobei ein Kniefall pro Tag zulässig ist. Häufiger Stuhlgang – in manchen Fällen im Abstand von zehn Minuten – kann auftreten. Haben Sie mehr als zwölfmal in der Stunde Stuhlgang, konsultieren Sie Ihren Hausarzt oder auch jeden beliebigen anderen Arzt oder irgend jemanden, der bereit ist, Ihnen zuzuhören. Es kann sich ein Gefühl der Verlorenheit oder Geistesabwesenheit einstellen – die richtige Zeit, um ein Drehbuch zu schreiben. Sie sollten kein Flugzeug fliegen – es sei denn, Sie gehören zu jenen zehn Prozent der Patienten, bei denen das Phänomen des »spontanen Testpilotenwissens« auftritt. Wenn Ihre Haare beginnen, nach brennenden Reifen zu riechen, meiden Sie die Nähe von Gebäuden sowie bewohnten Gebieten und tragen Sie Jodtinktur auf Ihren Kopf auf, bis das Geräusch eines vermeintlichen »Countdown« nicht mehr zu hören ist. Bei Mexikanern können Stigmata auftreten. Es wird davon abgeraten, sich auf die Spitze kegelförmiger Gegenstände zu setzen. Bei beginnendem Pilzwachstum zwischen den Augenbrauen wenden Sie sich an das *Guinness-Buch der Rekorde.* Bedienen Sie keine schweren Maschinen, insbesondere dann nicht, wenn Sie sich zu einer sitzenden Tätigkeit berufen fühlen – generell ein guter Rat. Es kann zum Auftreten von Hungerkatastrophen und Pusteln kommen. Mitunter besteht eine Neigung zur zwanghaften Wiederholung der Worte »Nee, mach ich nich«. Nach Einnahme des Medikaments kann es zu Marienerscheinungen in Baumwipfeln kommen. In diesem Fall eröffnen Sie einen Souvenirladen. Möglicherweise überkommt Sie heftiges Verlangen, während eines katholischen Gottesdienstes zu rufen: »Ich geb's dir mit 'nem fetten Stecken.« Befällt Sie Untergangsstimmung, so liegt das daran, daß Sie bald sterben werden. Bei Männern kann es zu Impotenz kommen, jedoch nur beim Verkehr. Ansonsten werden Sie eine starke Erektion haben, wenn Sie Ihre tägliche »Runde drehen«. Meiden Sie dieses Medikament, wenn Sie sich mit Kiefersperre unwohl fühlen. Halten Sie sich nicht in der Nähe von klingelnden Telefonen auf, die bei einer Frequenz von neunhundert MHz arbeiten, sonst sind Sie ganz schnell ganz tot. Wir nehmen an, daß Sie als Kind Windpocken hatten. Möglicherweise werden Sie allmählich immer unzufriedener mit dem Leben und verfallen in tiefe Melancholie – willkommen im Club! Machen Sie sich keine Gedanken, wenn Sie einen Geigerzähler ein wenig zum Ticken bringen. Vielleicht abonnieren Sie probehalber für einen Monat *Extremzappeln*. Wegen ihrer Hakenform bleiben die Tabletten häufig im Kehlkopf hängen. Schieben Sie in diesem Fall einen Finger tief in den Hals und bitten Sie einen Freund, Ihnen die Nase zuzuhalten, damit die Tablette nicht in die Nasenhöhle gelangt. Lassen Sie sich nun mit dem Bauch auf eine Stuhllehne fallen. Durch den explosionsartigen Austritt von Luft sollte die Tablette über den Mund ausgestoßen werden – wenn sie nicht in eine Nebenhöhle oder in das Gehirn gelangt. HINWEIS: Durch dieses Medikament kann sich Ihr Darm um bis zu sechs

Meter verkürzen. Vereinzelt sind Fälle rückwirkender Geburtsschäden aufgetreten. Es kann zu Bildstörungen kommen, wenn Sie an einem Fernseher vorbeigehen. Bei Einnahme dieses Medikaments sollten Sie etwas Vorteilhaftes tragen. Weibliche Patienten verspüren häufig nachlassende Libido, die Stimme wird zwei Oktaven tiefer, es kommt zu verstärktem Haarwuchs an den Knöcheln und möglicherweise zum Absinken eines Hodens. In diesem Fall sollten Frauen eine ausführliche schriftliche Schilderung ihrer drei letzten sexuellen Kontakte anfertigen und an folgende Adresse senden: Bob, Wagen 6, Fancyland Trailer Park, Encino, Kalifornien. E-Mails bitte an »hotboy.com«. Setzen Sie das Medikament unverzüglich ab, wenn Sie mit den Zähnen Radiosender empfangen. Es kann zum Auftreten des »Höckerrücken«-Syndroms kommen – an der Entwicklung eines Gegenmittels wird gearbeitet. Verbreitet sind Schwellungen der Fingerspitzen der linken Hand. Planen Sie ausreichend »Ruhezeiten« ein, um Ihre Augen wieder daran zu gewöhnen, sich von unbeweglichen Gegenständen zu lösen. Da der Körper bei der Einnahme dieses Medikaments die Dichte von Stein annimmt, erweisen sich Schwimmwesten und dergleichen auf See als nutzlos – konsultieren Sie daher Ihren Arzt, wenn Sie über Bord gehen. Das Medikament kann eine oder mehrere der folgenden Substanzen enthalten: Gummiseil, Plankton, Kautschuk, Crack, Kokain, Schweinsblasen, aromatische Öle, Gummiarabikum – Pardon, arabische Gummis – Schießpulver, Maisblätter,

Klebstoff, Bienenpollen, Muffins, pochierte Eier, Schinken, Sauce hollandaise sowie zerkleinerte Saxophonmundstücke. Levitationsempfindungen sind reine Sinnestäuschung, ebenso das Phantomgefühl eines »dritten Arms«. Bei einigen Patienten kann es zu sprachlichen Inversionen kommen. Noch akzeptabel ist: »Wie, hallo's geht?« – »Es dröhnt so schön, wenn Spörgel flöten göh ...« hingegen nicht mehr. Zwanzig Minuten nach Einnahme des Medikaments stellt sich ein unstillbares Verlangen ein, die Dosis sofort zu erhöhen. KÄMPFEN SIE MIT ALLER MACHT DAGEGEN AN! Lassen Sie sich am besten von einem Freund mit Handschellen an ein großes Küchengerät fesseln – MÖGLICHST AN EINES, DAS NICHT DURCH DIE TÜR PASST, SO DASS SIE NICHT AN DIE TABLETTEN HERANKOMMEN! Auch sollten sämtliche waffenartigen Utensilien, mit denen Sie Freunde oder Familienangehörige bedrohen könnten, außer Reichweite sein – diese sollten übrigens ebenfalls instruiert werden, Ihnen die Tabletten auf keinen Fall zu geben, auch wenn Sie sie noch so sehr beschwatzen. *Beachten Sie*: Dieses Medikament darf in den Vereinigten Staaten nur dann eingenommen werden, wenn der Patient mit einem Bein in einem Bundesstaat und mit dem anderen in einem anderen Bundesstaat steht.

Künstler fällt Zoloft zum Opfer

Artist Lost to Zoloft

Der Performancekünstler Shelf Head III hat sich entschlossen, nicht weiter an seinem Werk »Sklavenfrosch« zu arbeiten und statt dessen in Brooklyn eine Crêperie zu eröffnen, um näher bei seinen Eltern zu leben.

»Diese Entscheidung hat nichts damit zu tun, daß ich mir vor kurzem das stimmungsfördernde Mittel Zoloft habe verschreiben lassen«, sagte Shelf Head III, der sich jetzt lieber Jeremy nennen läßt. »Ich glaube, daß ich mit einer Crêpe Dinge ausdrücken kann, die ich mit einem Urinbild einfach nie sagen konnte. Schon am ersten Tag habe ich etwas geschöpft – ich wähle bewußt dieses Wort, denn es war wirklich eine Schöpfung –, nämlich ein *croissant distant*, was sich ungefähr mit ›galaktisches Hörnchen‹ übersetzen läßt. Und das sind wir doch im Grunde, oder nicht. Abends dann, nach dem Essen mit meinen Leuten, habe ich noch Yanni gehört, es aber bald gelassen, weil er, na ja, weil er so zornig ist.

Ich werde auch mein Wandgemälde in Bilbao umarbeiten. Wandgemälde müssen ja nicht unbedingt eine ganze

Wand bedecken. Das empfindet der Sonntagsfahrer nur als aufdringlich. Warum sollte das Bild nicht die Höhe eines Bauzauns haben, dann kann das Auge darauf fallen, wenn es *will,* und wird nicht dazu gezwungen. Möglich wären auch ein paar Tipps zum Reifenwechsel für verlorene Autofahrer, und vielleicht könnte man noch einen satirischen Seitenhieb auf die gegenwärtige Regierung unterbringen. Ja, das würde mir gefallen. Warum nicht Info-Art! Product Placement würde sich auch anbieten.

Meine frühen Werke ›Elternmord‹ und ›Warum nicht ich, Mammi?‹ wurden ›infantil, sinnlos, langweilig' und – warum es verschweigen? – 'ekelhaft‹ genannt. Was den Nagel auf den Kopf traf und dann unserer Bewegung den Namen gab – ›Infantil, Sinnlos, Langweilig Und – Warum Es Verschweigen? – Ekelhaft‹. Vergessen wir doch nicht, daß auch *Impressionismus* und *Fauvismus* Schimpfwörter waren. Mein neues Werk, dem ich mich sonntags widmen will, wenn die Crêperie geschlossen ist, läuft auf dasselbe hinaus, nur noch intensiver: Ich werde hundert Paar Socken stopfen und mir dabei *Drei Mädchen und ein Junge* ansehen. Das Ganze spricht für sich selbst, und das ist schon Teil der Bedeutung. Früher hat mich das Obskure angemacht, aber entweder bin ich damit jetzt fertig oder einfach high. Auch meine Performance ›Ohr in Scheiben‹ werde ich nicht mehr aufführen – ich habe das einmal gemacht und würde gern meine andere Ohrmuschel behalten, denn die brauche ich, um die Bestellungen in der Crêperie aufzunehmen.«

Beunruhigende Auswirkungen

Der Konsum von Zoloft unter Künstlern beunruhigt jene Galeristen, die den Kreis der sogenannten »Zornigen Kunden« bedienen. »Ich könnte jede Menge von diesen symbolistischen Elternhaßsachen verkaufen«, sagt ein Kunsthändler, der anonym bleiben möchte, »aber die Künstler liefern einfach nicht mehr. Einer, der sonst Gebärmuttern mit Reißzähnen gemacht hat, bringt mir jetzt Bilder von Hunden, die Poker spielen. An wen bitte, soll ich das verkaufen? Doch höchstens an englische Innenausstatter, die fünfzig Bilder mit Hündchen brauchen, damit sie ein Motiv fürs Arbeitszimmer haben. Und der Künstler sagt, daß es zwar schon jede Menge Bilder von Hunden gibt, die Poker spielen, aber das wären meist Bulldogen, die Draw Poker spielen, und es gäbe doch auch noch Lowball und Stud Poker. Er würde sich auch fragen, warum noch nie ein Dackel auf diesen Bildern zu sehen war. Ich starre ihn bloß an, und mir wird ganz schlecht bei dem Gedanken, was mit Jackson Pollock passiert wäre, wenn er Zoloft genommen hätte. Wir werden die Galerien in der City verschiedenen Zonen zuordnen müssen, damit die Sammler, die Antidepressiva nehmen, die Galerien finden, die auf Antidepressiva sind, und diejenigen, die Zoloft nehmen, nicht aus Versehen in einer Valiumgalerie landen. Ich habe mir ziemlich viel Gedanken über diese Dinge gemacht, ehe ich anfing, selber Zoloft zu nehmen – einfach, um zu verstehen, was meine Künstler da malten.

Mittlerweile bin ich soweit, daß ich in die Medizinschränke meiner Künstler einbreche und das Zoloft gegen Placebos austausche, soviel, daß es für ein, zwei Wochen ausreicht«, fährt der Galerist fort. »Von diesem Entzug kriegen sie einen ziemlichen Rappel. Während die Maler noch die Wände hochgehen, rufe ich beim Künstlerbedarf an und lasse ihnen Leinwand, Farben und Palettenmesser bringen. Zwei Wochen später bekomme ich dann ein halbes Dutzend Bilder, die ich wenigstens verkaufen kann. Dann nehmen die Künstler wieder die echten Pillen, haben keine Ahnung, was da in sie gefahren war, und liefern mir wieder ›Lassie beim Pokerabend‹. Ich schick die Sachen nach Asien, erzähle ihnen, daß ich sie verkauft habe, und hoffe, daß sie nie in Thailand auf einem Flughafen einkaufen gehen.«

Die Künstlerin Screaming Mimi, jetzt Kathy, hat das Problem in ihrem jüngsten Werk »Ich bin froh, daß ich ein Mädchen bin« treffend auf den Punkt gebracht. Das Werk besteht aus einer lieblichen Mondlandschaft, neben der eine erläuternde Notiz hängt. Anzumerken ist, daß die Wirkung von Zoloft nachließ, als die Malerin in der Mitte des Satzes war:

> Ich hoffe, daß Euch allen dieses Gemälde gefällt, bei dem der Mond das Geheimnis des Lichtes symbolisiert, die dunstige feuchte Luft

an den Nebel der Dummheit erinnert und das Meer darunter für mein Verlangen steht, Euch auf einem Teller mit einem Elektromesser zu zerlegen.

Wie ich zu MENSA kam

How I Joined Mensa

Zuerst versuchte ich es mit dem Telefonbuch. Es würde nicht leicht sein, MENSA zu finden – wie auch, wenn man sich an die strikt alphabetische Gliederung halten mußte, die heute so verbreitet ist. Ich persönlich bevorzuge eine offenere, weniger *apodiktische* alphabetische Anordnung, eine, die den Geist frei schweben und wie zufällig bei dem Wort »landen« läßt. Und ich bin stolz darauf. Wörterbücher sind ein anschauliches Beispiel für dieses übertriebene Alphabetisieren mit seinen strengen Regeln, wo jedes noch so kleine Wort seinen festen Platz hat. Wenn ich daran denke, möchte ich am liebsten eine Traubendiät machen und mich aus der Welt hungern.

Mitglied von MENSA zu sein, bedeutet, ein Genie zu sein, einen IQ von wenigstens 132 zu haben. Man kann mit anderen Mitgliedern zusammenkommen, Menschen, die verstehen, was gemeint ist, wenn man beispielsweise sagt: »Dieser Laternenmast ist grell.« Solche Leute suchen sie da. Als Mitglied von MENSA wird man erfüllt von einem höflichen Wohlwollen gegenüber Nichtmitgliedern, Menschen, die so tun, als wüßten sie, was man selbst weiß, als dächten sie, was man selbst denkt – und doch nie in diese Gefilde gelangen.

Die Untergrenze für den IQ schien mir mit 132 zunächst ziemlich willkürlich gewählt, bis ich jemanden mit einem IQ von 131 traf – und der war wirklich ein bißchen schwer von Begriff. Wenn bei einer Dinnerparty mit lauter 132ern ein 131er auftaucht, spürt man ganz deutlich die Wand der Dummheit, gegen die der 131er anrennt. Er bekommt diesen Hundeblick – weit aufgerissene Augen, vorgestreckter Kopf und breites Grinsen –, und man sieht ihm an, daß er einfach nicht mitkommt. Aber im Unterschied zu einem Hund kann man den Gast nicht einfach zum Spielen in den Garten schicken – es sei denn, man hat das vorher vereinbart.

Schließlich legte ich das Telefonbuch beiseite, denn wieder und wieder verlor ich mich in den komplexen Textpassagen und tippte dann blind irgendwelche Nummern, allerdings ohne Erfolg. Als nächstes versuchte ich es mit Buchstabenwahl 1-800-M-E-N-S-A, aber seltsamerweise blieb es im Hörer vollkommen stumm. Eine Woche später, ich war gerade beim *Volksvalking*, wurde mir klar, daß die Buchstabenfolge M-E-N-S-A ja gar keine Telefonnummer sein konnte, weil sie nicht genug Zahlen enthielt. Da wußte ich, daß dies eine Art Test sein mußte: Jedes künftige Mitglied mußte in der Lage sein, auf die nächsten beiden Zeichen zu kommen. Ich versuchte es mit M-E-N-S-A-C-K, M-E-N-S-A-A-T, M-E-N-S-A-A-L und M-E-N-S-A-F-T, bekam dreimal eine Abfuhr und einmal einen Faxton zu hören.

Es war also blanker Zufall, daß ich auf diese Party in meinem Appartementhaus geriet, weil ich im Lift die Etagennummer verkehrt herum gedrückt hatte und im einundzwanzigsten statt im zwölften Stockwerk landete. Ich zwängte mich an der ersten Gruppe Herumstehender vorbei, wich dem Gastgeber aus – den ich durch Deduktion ausfindig gemacht hatte – und schlug dann die Oushak-Brücke um und zählte die Knoten pro Quadratzentimeter. Die Leute hier hatten Geld. Ich schnappte Gesprächsfetzen auf, Worte wie *Feldspat* und *Eponym* schwirrten durch die Luft. In einer Ecke spielte ein einsamer Pfeifer ein Trauerlied. Da wußte ich, wo ich war. Dies war eine Party von MENSA.

Und dann sah ich Lola. Ihr Haar war rostfarben, und ihr Körper hatte die Form einer dorischen Säule aus der prähellenistischen Zeit. Sie ging mit einem Rum-Drink durchs Zimmer, wobei sie sich auf liebenswerte Weise mit dem Strohhalm im Gesicht herumstocherte, und ließ sich schließlich auf das blaue Kordsofa fallen. Wenn sie wirklich zu MENSA gehörte, dann würde sie keine Probleme mit der Art und Weise haben, wie ich sie ansprach. Also wagte ich den Satz: »Ich bitt Euch, laßt mich nicht auf fernen Auen darben.«

»Ich sehe, Sie kennen Ihren Goethe, die Übersetzung von Snooky Lason«, erwiderte sie. »Pfefferminz gefällig?«

Ich taxierte sie auf ungefähr 140, und ihr Blick verriet

mir, daß sie mich irgendwo weit unten in den 120ern einstufte. Ich wollte, daß sie ihre Bewertung nach oben revidierte, damit ich ihr ein Bewerbungsformular für MENSA aus dem Kreuz leiern konnte. Ich machte es, wie ich es aus den Fernsehserien kannte, drehte ihr den Rücken zu und starrte aus dem Fenster, während ich mit ihr sprach. »Würden Sie nicht auch am liebsten semantische Analyse betreiben?« fragte ich. »Heil Xiaoping, der chinesischen Göttin des Gesangs«, erwiderte sie.

Dann landete Lola einen verbalen Treffer, von dem ich fast zu Boden ging. »Das ist eine wirklich imposante Wohnung.«

Ich sah das Wörterbuch im Regal stehen. Mein Gott, wie wünschte ich mir, loslaufen zu können und *imposant* nachzuschlagen. Wie gerne hätte ich auf MENSA*isch* geantwortet! Ich spürte den Hundeblick auf meinem Gesicht, aber ich kniff nicht und sagte: »Ich bin nicht ganz sicher, ob das ein Kompliment oder eine Insultation ist.« Dann warf ich den Kopf zurück und lachte, wobei das Pfefferminz aus meinem Mund fiel und auf dem Oushak landete. Sie fragte mich nach meinem Namen. »Sagen Sie Dor zu mir.« Später wurde mir klar, daß ich eigentlich »Rod« gemeint hatte.

Wir unterhielten uns die ganze Nacht. Als die Party zu Ende war, nahm ich sie in den Arm und flüsterte: »Ich finde es toll, daß du bei MENSA bist.« Sie flüsterte: »Ich finde es auch toll, daß du bei MENSA bist.« Mir wurde eiskalt. Sie gab mir ihre Telefonnummer, aber da sie aus lauter Siebenen bestand, konnte ich sie mir nicht merken. Dann ging sie zum Lift, drehte sich noch einmal zu mir um und sagte: »Es ist wohl besser, wenn wir uns nicht mehr treffen.« Ihre Worte trafen mich wie kleine Pfeile mitten ins Herz. In dieser Nacht weinte ich mein Kissen naß. Acht Monate später sagte sie mir, daß es ein Scherz gewesen sei.

Die meisten Wünsche im Leben gehen zu spät in Erfüllung. Genau ein Jahr später wurde ich nach meiner Bewerbung Mitglied und zum MENSA-»Spieltier« ehrenhalber ernannt. Ich antwortete auf eine Annonce in einem Prospekt, den ich zusammen mit dem Begrüßungspaket erhielt, und ging mit MENSA auf eine Traumschiffreise zu den Bermudas. Als ich an Bord ging, sah ich achtern eine Frau stehen, mit dem Rücken zu mir. Leicht über die Reling gebeugt, sah sie aus, wie eine dorische Säule aussehen würde, wenn sie sich über die Reling beugen würde. Sie drehte sich um, ihr Blick fiel auf mich, und so traf ich meine Lola wieder. Es war, als hätte sich in diesem einen Jahr nichts verändert, denn wir trugen beide die gleichen Sachen wie in jener ersten Nacht, immer noch nicht gewaschen. Sie sagte: »Lang nicht gesehen, Dor.«

Ich verbesserte sie und hatte damit sofort die Oberhand: »Ich heiße nicht Dor.«

»Wie dann?« fragte sie.

»Es wird mir schon wieder einfallen.«

»Hast du Lust auf einen Spaziergang auf dem Hauptdeck?« fragte sie.

Hauptdeck? Wieso ist nie ein Wörterbuch zur Hand, wenn man eins braucht?

Und sie sagte: »Ich habe nur noch zwei Jahre zu leben. Genießen wir sie und schlabbern ein bißchen.«

»Dann laß uns schlabbern, laß uns schlabbern.« Ich nahm ihre Hand, und wir wandten uns nach Osten, der untergehenden Sonne zu. »Ach übrigens, ich glaube, ich heiße Rod.«

Michael Jacksons altes Gesicht

Michael Jackson's Old Face

Was hätte ich nicht alles sagen können!

Gern wäre ich vor Jahren bei einer Dinnerparty gewesen und hätte einem alten Freund mit hochgezogener Augenbraue einen Blick zugeworfen, wenn einer von den Gästen flüsternd Anstößigkeiten von sich gegeben hätte. Gern hätte ich ohne Worte etwas über jemanden gesagt, mit dem ich arbeite – mit einem gesenkten Blick, mit von einem stillen Lächeln gekräuselten Lippen oder mit einem winzigen, mißbilligenden Kopfschütteln. Gern hätte ich, mit nichts weiter als einem einfachen Blick, gezeigt, daß ich mit den Jahren, in denen sich mein Talent immer stärker ausprägte, gelernt habe, mit meinen Erfolgen und meinen Mißerfolgen umzugehen. Gern hätte ich beim Betreten eines Raums einen Bekannten mit einem Nicken gegrüßt, einen Widersacher abblitzen lassen oder einen verbitterten Kritiker mit Mißachtung gestraft.

Glücklicherweise kann ich einmal die Woche mit dem Gesicht von Walter Matthau bei Jones' Grill an der Melrose Avenue Mittag essen und mir dabei vorstellen, wie alles hätte gewesen sein können. Walter gibt völlig widersinnige Bestellungen auf, und seine Augen funkelten, wenn er mich verschwörerisch ansieht. Schließlich geht ein Lächeln über sein Gesicht, und unwiderstehlich schleicht sich dieses Lächeln auf das Gesicht des Kellners, der von einem Fuß auf den anderen tritt und Walter verschmitzt und respektvoll ansieht. Ich gebe meine Bestellung ganz sachlich auf, ohne einen Unterton.

Walters Gesicht kennt mein Problem und fragt nicht viel. Ich erzähle meine Geschichte im Stil des Mittleren Westens, manchmal finde ich die richtigen Worte, manchmal auch nicht, aber nie kann ich sie zum Leben erwecken, ihnen Farbe verleihen, diese Dreideutigkeit hineinlegen, sie mit einer bestimmten Färbung oder Tendenz herüberbringen. Aber Walters Gesicht macht das nichts aus, er pointiert die Worte für mich, er reagiert für mich, macht die Ausdrücke anschaulich, die mir nicht zugänglich sind.

Wenn er etwas getrunken hat, schwelgt Walter in Erinnerungen. Seine Augen werden feucht, und unschlüssig steht eine Träne darin. Schließlich rollt sie, vom Gewicht des Wassers gezogen, die zerfurchten Abhänge hinunter, teilt sich und verliert sich in hundert kleinen Bächen. Meine eigenen mitfühlenden Tränen lassen nicht lange auf sich warten, nur rinnen sie auf kürzestem Weg am Teflon hinab und landen höchstens auf der Tischplatte aus glattem Kunststoff. Aber Walter weiß, was ich sagen will.

Später gehe ich dann zum Wagen, wo meine Begleiter

auf mich warten. Sie können meine Stimmung nicht deuten, bieten mir Dinge an, die ich nicht brauche, können in meinem Gesicht nicht lesen, daß ich allein sein möchte.

In jener Nacht liege ich hinter meinem neuen Gesicht, spreche mit ihm. Es hört mir zu, aber es kann nicht viel erwidern. Manchmal spüre ich, wie ein Muskel zuckt und versucht zu antworten. Aufmerksam, so wie Walter es tun würde, höre ich zu, als ausdruckslose Lippen flüstern: »Was werde ich meinem Kind sagen? Wie werde ich ihm, wenn ich im Sterben liege und nicht mehr sprechen kann, mit einem Blick sagen: Ich liebe dich?«

In jener Nacht sehe ich im Traum, wie das Abbild heiterer Gelassenheit mein Gesicht streift und die Maske glättet. Ich sitze da und trinke Tee. Mein altes Gesicht schaut aus dem Fenster und sieht Walter, dessen breites Lächeln mir Zustimmung signalisiert. Ich stehe da, der Schmerz steigt aus meinem Herzen empor, tritt auf mein Gesicht und verfliegt. Dann empfinde ich Glück, danach Gram und schließlich Freude. Sie alle kommen aus der Mitte, hinterlassen ihre Spuren auf meinen Augenbrauen, in den Mundwinkeln und den Lippen, dem Augenwinkel – und offenbaren so meinen Charakter. Ich wache auf, fühle mich für einen Moment ganz, aber dann erinnere ich mich: Das Gesicht offenbart das Herz, aber manchmal ist es einfacher, sich ein neues Gesicht zuzulegen.

Auf der Suche nach dem verschlagenen Filipino

In Search of the Wily Filipino

Wir alle kennen ihn, den schlitzäugigen, gefährlichen Japaner, wir kennen ihn, den verschlagenen Filipino …

MARLON BRANDO im Gespräch über Filme bei *Lary King Live*

Der verschlagene Filipino. Wie oft hallten diese Worte in meinem Kopf wider, wenn ich zu Bett ging. Und doch ist mir erst vor kurzem klargeworden, daß ich eigentlich noch nie einem begegnet bin. Sicher, ich war schon durch die Viertel der Filipinos gefahren, aber alle Dinge und Menschen, die ich dort sah, kamen mir ziemlich normal vor. Schilder, die auf dies oder jenes hinwiesen – die Reinigung, die Autowerkstatt –, alles schien ganz harmlos, aber offensichtlich lauerte in Wirklichkeit Arglist unter der Oberfläche. Ich fragte mich, unter welchen Umständen die Verschlagenheit wohl zutage treten würde. Ich arbeite seit Jahren mit einer Filipina zusammen und ich beschloß, einen kleinen Test mit ihr zu machen. Ich fragte sie, was sie tun würde, wenn sie Zeugin eines Verkehrsunfalls würde und am Unfallort jemanden benommen umherlaufen sähe. »Ich würde anhalten und helfen, denke ich«, sagte sie. »Und wieso?« fragte ich. »Um etwas dafür zu bekommen?« Sie sah mich an und erwiderte: »Ja, was würden Sie denn machen – doch wohl um Hilfe rufen und warten, bis jemand kommt, oder?« Mir wurde klar, daß sie hier das Klischee vom lieben und netten weißen Mittelklasseamerikaner bediente. Das regte mich so auf, daß ich am liebsten richtig böse geworden wäre.

Dann beschloß ich, mir Videos auszuleihen, anhand derer ich die Darstellung des Filipino studieren konnte. Ich sah mir *Der Pate, 2001* und *Vom Winde verweht* an. Hier gab es nicht eine einzige Darstellung des verschlagenen Filipino. Und warum nicht? Vielleicht wird ja die Filmindustrie insgeheim von Filipinos kontrolliert. Vielleicht hatten sie ja die Hand im Spiel bei solchen Filmen wie *Der logische Filipino* (1986), *Der aufrechte Kerl aus Manila* (1993) und dem Abenteuerfilm *Tief im verschlagenen Laos* (1995). Und wenn das stimmte, wäre das nicht der offensichtliche Beweis für ihre Arglist?

Ein Freund erzählte mir von einem genialen Akupunkteur, der Filipino war. Ich rief an, um mir einen Termin geben zu lassen. »Was für Beschwerden haben Sie denn?« fragte eine trügerisch freundliche Stimme am anderen Ende. »Ich… ich…« Diesen Teil des Plans hatte ich nicht richtig vorbereitet, also legte ich auf. Dreißig Sekunden später klingelte das Telefon. Es war niemand dran. Ich dachte mir nichts weiter dabei, aber mit einemmal wurde mir klar, was hier lief: Rufnummeranzeige! Der verschlagene Filipino hatte ein Telefon mit Rufnummernanzeige und damit auch meine Nummer! Aus Furcht vor Vergeltung rief ich noch einmal an und ließ mir einen Termin geben.

Ich betrat die Praxis und setzte mich ins Wartezimmer. »Und worauf warte ich nun hier?« fragte ich mich. Sicher doch darauf, auf die eine oder andere Weise hereingelegt zu werden. Die Arzthelferin bat mich, ein Formular auszufüllen. Raffiniert schob sie mir das Blatt zu und reichte mir voller List einen Stift. Während ich das Formular ausfüllte, lauschte ich dem verschlüsselten Dialog, der im Behandlungszimmer geführt wurde. Gängige Fragen zum Wetter waren auf einmal keine unverbindlichen Höflichkeiten mehr, sondern wurden zu Sätzen mit komplexer Struktur, in denen sich die Anfangsbuchstaben der Wörter zum Mädchennamen meiner Mutter fügten. Im Behandlungszimmer dann gebrauchte ich dem Arzt und der Schwester gegenüber Worte, die ihre Wurzeln ausschließlich in unserer Sprache haben, wie zum Beispiel »Kumpanei«. Ich wollte sehen, wie sie reagierten. Sie reagierten überhaupt nicht – oder doch, nämlich mit einem Blick, der so verschlagen war, daß es mir kalt den Rücken hinunterlief.

Dann entspann sich folgender Wortwechsel:

»Hier steht, daß Sie wegen einer Parvovirusinfektion behandelt werden wollen.«

»Ja«, entgegnete ich. Sie spielten mit knallharten Bandagen.

»Aber das ist doch eine Hundekrankheit.«

Die Schweißtropfen auf meiner Stirn flossen zu einem Gebilde zusammen, das dem Michigansee ähnelte.

»Ich weiß«, sagte ich. »Ich mache mir Sorgen, daß mein Hund sie vielleicht hat.«

»Sie sind also wegen Ihrer Angstzustände hier? Soll ich Sie wegen Ihrer Beklemmungen behandeln?«

Das war nicht einfach nur ein hohles Geplänkel zwischen zwei ebenbürtigen Widersachern. Nein, das war ein verschlüsseltes Schachspiel mit Worten, ein verwirrendes Zurschaustellen von Gerissenheit.

Dann kamen die Nadeln. Vier davon in meine Ohren. Drei in meinen Schädel. Einige wurden mit der Hand herumgedreht, durch andere wurde Strom geleitet. Nach zehn Minuten wurden sie herausgenommen, und ich fühlte mich bemerkenswert ruhig. *Das Blatt hatte sich gewendet.* Der verschlagene, gerissene Filipino hatte mir die Angst genommen, und jetzt stand ich in seiner Schuld. Er hatte gewonnen. Ich hatte zwar mit Verschlagenheit gerechnet, aber daß sie auf so raffinierte Weise daherkommen würde, das hatte ich nicht vermutet.

Ich fuhr wieder nach Hause. Die *Larry King Show* lief noch:

»...der glücklose Italiener, der hinterhältige Chilene, der brünstige Hawaiianer, der sarkastische Norweger, der harte Eskimo, der laute Kanadier...«

»Leider haben wir keine Zeit mehr«, sagte Larry, und damit war die Show zu Ende.

Ich mußte weg. Ich packte meine Sachen, buchte einen Flug mit LIST (die staatliche Fluggesellschaft der Philippinen) und flog nach Hawaii.

Böser Hund

Bad Dog

»Du bist ein böser Hund, ein ganz böser Hund«, schimpft Dr. Fogel.

Dir werde ich zeigen, was ein böser Hund ist, denkt sich Jasper und trottet den Flur entlang zu seinem Futternapf, um nachzudenken.

Schmollend liegt er dann neben seiner Schüssel und versucht, aus dem Ganzen schlau zu werden. Den Mann von Federal Express muß man doch einfach anbellen, verdammt noch mal! Solange er draußen vor der Tür ist, ist er jenseits der Wahrnehmung. Wenn er hereinkommt, dann übertritt er die Schwelle zur Wahrnehmung. Und natürlich belle ich ihn an, auch wenn ich weiß, wer er ist. Und der Klempner steht sogar noch unter dem Mann von Federal Express. Mit dem Bellen will ich doch nur sagen: Paß auf, er hat einen Schraubenschlüssel. Ist das denn wirklich so schlimm?

Die Katze schleicht vorbei. Jasper denkt das eine Schimpfwort, das er nie sagen kann: Schlappschwanz.

Nebenan ist Dr. Fogel am Telefon und sagt laut: »Also,

ich brauche diese Lieferung heute noch.« Und dann leise zu sich: »Schweinehunde, elende!« Jasper schüttelt sich. Ich hasse es, wenn er dieses Wort benutzt. Weiß er denn nicht, wie sehr mich das verletzt? Weiß er denn überhaupt nicht, was er da sagt? Warum kann er nicht sagen »diese Schweine«, wie jeder andere auch? Außerdem ist es viel kürzer.

Es klingelt. Jasper springt auf und rennt bellend zur Tür. Herr und Hund kommen gleichzeitig an. »Aus, Jasper, aus!« sagt Dr. Fogel, aber Jasper kann nicht aufhören. Die Tür geht auf. Es ist der Mann von Federal Express.

Autsch, denkt Jasper und schiebt sofort seine Nase zwischen die Beine des Mannes. Das mögen sie, das wird meine Rettung sein, denkt er sich.

Doch da hört er von oben: »Böser Hund, böser, ganz böser Hund!«

Was? Böser Hund? Jaspers Gesicht ist immer noch fröhlich, aber innerlich ist er am Boden zerstört. Er sieht zu, wie ER die Quittung unterschreibt und läuft dann hinter IHM her, auf einen zärtlichen Klaps, ein verständnisvolles Wort oder irgend etwas in der Art hoffend. Nichts kommt.

Jasper beugt sich tief über seine Wasserschüssel, damit seine großen traurigen Augen nicht zu sehen sind. Das ist wirklich ein großes, ein ganz großes Problem, denkt er. In dieser Nacht, auf seinem Lager aus Sägespänen, kommt Jasper die Erkenntnis, daß offensichtlich irgend etwas in seinem Gehirn ihm sagt, daß er zu unterscheiden hat zwischen dem Mann von Federal Express – der auf jeden Fall angebellt werden muß – und Granny Fogel, der er seine Bewunderung bekundet, indem er sich auf den Rücken rollt und ihr seine Genitalien zeigt. Aber wie schaffe ich es, nicht mehr zu tun, was ich doch tun will, ja tun muß? Dieser Drang ist so stark, beruht auf so vielen kleinen Wahrnehmungen. Er kommt zu dem Schluß, daß ihm ein grundlegendes Stück Wissen fehlt, ein allgemeiner Denkansatz, der ihm den Weg weisen würde. Er beschließt, dieses Wissen zu suchen, indem er eine Reise um die Welt macht. Für Jasper ist die Welt das, was innerhalb des anderthalb Meter hohen Zauns liegt, der seinen Garten, das Haus und alles was dazugehört, umgibt.

Am nächsten Morgen ist Jasper früh auf den Beinen. Er schleicht am Zaun entlang, drückt sich an die Wand, die Nase tief im Gras. Nach einer Stunde wird ihm klar, daß sein Tun, vom puren Spaß einmal abgesehen, keinen Sinn hat. Er hängt eine Weile in der Küche herum, macht die Nummer mit den großen Augen, bekommt aber nichts. Unverrichteter Dinge geht er zu seinem Lager, um ein Nickerchen zu machen. Jasper drückt die Nase an den letzten Keks, den er sich noch aufgehoben hat. So eine Suche ist anstrengend, denkt er, rollt sich auf den Rücken, streckt die Beine in die Luft und schläft ein.

Sofort fällt Jasper in einen tiefen Traum und sieht sich selbst, wie er durch eine riesige Gemäldegalerie schwebt, mit den Pfoten in der Luft paddelnd. Obwohl er noch nie in einem richtigen Museum war, ist er einmal per Zufall auf die Homepage der Tate Gallery gelangt. (Die Buchstabenfolge T-A-T-E liegt auf der Tastatur links, und mit glücklicher Pfote katapultiert sich Jasper in den Cyberspace.) In seinem Traum kann er in der Luft herumwirbeln und tanzen, sich die Gemälde aus der Nähe ansehen und die Bildunterschriften lesen. Sein schlichtes Unterbewußtsein ändert im Traum die Biografien sämtlicher Maler: »Johann Heinrich Füssli, Schweizer Maler und früherer Hund«, »Giovanni Battista Tiepolo, italienischer Maler und früherer Hund«. Da erkennt Jasper, daß diese Maler den Hund in sich in wundervolle Kunstwerke sublimiert haben.

Jäh wird Jasper aus dem Schlaf gerissen, als es an der Tür klingelt. Das Bewußtsein erwacht wieder, und verblassend entschwindet der wunderschöne Traum in seine dünne Großhirnrinde. Er erhebt sich und schaut durch eine Reihe von Fenstern vom Schlafzimmer bis in die Küche und von dort auf die Straße hinaus. Da sieht er als weißes Rechteck den Wagen von Federal Express. Instinktiv läuft er los, in Richtung Haustür.

Er jagt den Flur entlang und spürt, wie das Bellen in ihm aufsteigt. Er ist wie der Boxer, der zum Haken ausholt, wie der Klöppel beim Wecker, der sich schon auf die Glocke zubewegt. Er weiß, was ihn erwartet: der kalte Tadel seines Herrn, und als Trost höchstens das herrlich verängstigte Gesicht des Mannes von Federal Express. Er fühlt, wie das Bellen tief aus seinem Inneren in seine Lungen empordrängt. Seine Hormone treiben ihn weiter. Er stürmt um die Ecke zum Vorraum, und da, in strahlendem Weiß, steht sein Opfer und reicht den säuberlich verpackten Karton seinem geliebten und ungeschützten Herrn. Er bremst ab, seine Pfoten stemmen sich gegen das Parkett, der plötzliche Ruck drückt ihm das Bellen in die Kehle zurück. Sein Herr schaut zu ihm hinunter, er öffnet das Maul, das Bellen liegt ihm schon auf der Zunge. Doch dann, als es sich auf dem feuchten, weichen, rosa Fleisch entfalten will, bemächtigt sich die Kunst mit Wunderkraft seines beschränkten Unterbewußtseins und verwandelt die Schallwellen, glättet die spitzen Zacken der Höhen und rundet die schartigen Spalten der Bässe ab. Jasper schaut zu seinem Herrn auf, und dann ertönt in lieblichem Bariton:

> Ich hab für dich 'nen Blumentopf,
> 'nen Blumentopf bestellt…

Zunächst ist es totenstill. Und es vergeht, was dem Künstler wie eine Ewigkeit erscheint: die Zeit zwischen dem Verklingen des letzten Tons und dem Aufbranden des Beifalls. Schließlich vernimmt Jasper wie durch einen Dunstschleier der Entrückung die Stimme seines Herrn: »Braver Hund – ein ganz braver Hund bist du.«

Jasper dreht sich um, mit dem Hochgefühl der Erleichterung nach einem abklingenden Adrenalinstoß. Er läuft los, von der Tür weg. Die Katze kommt vorbei, und Jasper denkt, so könnte es mir auch gehen, wenn Gott in seiner Gnade nicht anders entschieden hätte. Er geht in die Küche, schlabbert kurz an seinem Wassernapf, schaut zurück zu den immer noch verblüfft an der Tür Stehenden, läuft hinaus und legt sich in die Sonne.

Entsetzen

Hissy Fit

Nehmen wir einmal an, es gibt einen Ort im Universum, der so weit entfernt ist, an dem so unbegreifliche Kräfte wirken, an dem Zeit und Raum so gekrümmt und umgebogen sind, daß zwei plus zwei nicht mehr vier ergibt. Wenn ein Mathematiker plötzlich an diesen unvorstellbaren Ort gebracht würde, wäre es sehr wahrscheinlich, daß ihn Entsetzen befallen würde. Und genau das passiert, wenn ein Schriftsteller aus New York über Los Angeles nachdenkt, redet oder – das Schlimmste, was ihm passieren kann – dorthin fliegen muß.

Man muß wissen, daß der Schriftsteller aus New York nicht unbedingt ein Schriftsteller ist, der in New York lebt. Er ist irgendwo an der Ostküste zu Hause – es könnte sogar Rhode Island sein – und er ist ein Individualist, in jeder Hinsicht einzigartig, kompromißlos eigenständig und mit unverwechselbarem Stil. Aber wenn per Fax oder Telefon der Auftrag kommt, nach Los Angeles zu fliegen und irgendeinen Trottel von Filmproduzenten zu interviewen (Trottel deshalb, weil er so vermessen ist, zu glauben, er würde als erster seiner Zunft gut dabei wegkommen), dann beginnt die seltsame Verwandlung des ach so stolzen Autors. Wenn das Schreckensbild von Kalifornien vor ihm aufsteigt wie der Werwolf bei Vollmond, dann umhüllt ihn auf einmal wie von Zauberhand die Aura des Schriftstellers aus New York.

Das Flugticket, das ein Kurier bringt, wird immer wieder studiert und sorgfältig geprüft – um sicherzugehen, daß es wirklich mit Rückflug ist. Beängstigende Worte wie *Erdbeben* und *Disneyland* schwirren ihm durch den Kopf, und er denkt über den besonderen Sittenkodex dieser Cowboykultur nach.

Das Maß des Entsetzens hat direkt proportional zur Verringerung des Sauerstoffpegels auf den Flügen von New York nach Los Angeles zugenommen. Daß der Flug von Ost nach West länger dauert, läßt unseren Reisenden zu der Überzeugung gelangen, daß sogar der Gegenwind ihm zu verstehen gibt, er solle nicht fliegen. Es kommt zu einem Defizit wertvoller Glückshormone in seinem Gehirn, und bei der Ankunft verspürt er schreckliche Kopfschmerzen. Während des Fluges liest er die *Los Angeles Times,* und schon das Schriftbild stört ihn. Schließlich landet er in der hellen Sonne Kaliforniens – nachdem er in New York an einem kalten, wolkenverhangenen Tag abgeflogen ist – und ist doppelt verärgert, als er merkt, daß er seine Sonnenbrille vergessen hat. Auf dem Weg durch die Flughafenhalle schält er sich aus seinem zwanzig Kilo schweren Mantel, steht schließlich in Wollhemd und Fellweste da. So, schwitzend und bepackt, denkt er an die Worte eines röchelnden und schniefenden Galeristen aus Soho: »Ich war gerade in L. A. und hab mir bei der mörderischen Hitze dort eine furchtbare Erkältung geholt.« Wobei er sich bei seiner unwissenschaftlichen Äußerung nicht darüber im klaren zu sein schien, daß dies eine klare Verunglimpfung wäre, wenn es sich bei Los Angeles um eine ethnische Gruppe handeln würde. Und so äußert sich das Entsetzen: Reflexartig werden die Handflächen auf die Ohren gelegt – ungefähr so wie auf dem Bild »Der Schrei« von Edvard Munch. Wie ein Morseapparat sendet das verängstigte Gehirn Impulse aus: »Ich bin keiner von euch ... ich gehöre nicht hierher ... gibt es hier keinen, der meine Sprache spricht?« Seltsamerweise sind das die Gedanken des gleichen Schriftstellers, der in Bosnien auf Geschütztürme geklettert ist und sich in Straßengangs eingeschmuggelt hat.

Um seine Qualen noch zu vermehren, findet sich der gepeinigte Schriftsteller schließlich in einem Mietwagen auf dem San Diego Freeway wieder und merkt plötzlich, daß er nicht mehr weiß, wie man Auto fährt.

Als er beim Mondrian Hotel am Sunset Boulevard vorfährt, rammt er einen Betonpfeiler – möglicherweise auch den Türsteher – und schlittert dann über den spiegelglatten Boden des Foyers an die Rezeption. Er blickt am Concierge und an der Empfangsdame, die aussieht wie ein Model von Armani, vorbei, hinaus auf eine Terrasse voller Menschen, die in Vinyl und andere schweißtreibende Unsäglichkeiten gekleidet sind. Hinter ihm posieren um ein Sofa herum die Schönen, und ganz leise flüstert eine Stimme in ihm: »Die kriegst du nie, so wie du angezogen bist.«

Den ganzen Tag wird das Gefühl des Entsetzens genährt durch einen Wust von Fakten, Bemerkungen und optischen Eindrücken, die auf das Gehirn des Schriftstellers einstürmen und die er sich alle gleichzeitig merken muß – bis er endlich seinen Computer auspacken kann, um alles herunterzuladen. Am Abend ist er zur Cocktailparty bei dem Produzenten eingeladen, und dort, im Garten der Mini-Villa, sieht er eine der Schwerkraft trotzende Bronzeplastik eines schaukelnden Kindes und einen Felsen aus Plastik, über den ein künstlicher Wasserfall rinnt. Immer wieder muß er zu sich selbst sagen: »Vergiß bloß diesen Plastikfelsen nicht.« Schließlich begrüßt ihn der Produzent, umfaßt seine Hand und beansprucht seine Aufmerksamkeit. Im nächsten Satz bereits vertraut er dem Schriftsteller an, daß er sich bei seiner Therapie mit einem Puppenabbild von sich selbst unterhält. Jetzt muß der Schriftsteller – es wird noch Stunden dauern, bis die Party gegen halb elf schließlich ins Stocken gerät und zum Erliegen kommt – immer wieder zu sich sagen: »Vergiß bloß nicht den Plastikfelsen, vergiß nicht, daß er sich mit einer Puppe unterhält ... Plastikfelsen, unterhält sich mit einer Puppe, schaukelndes Kind.« So kommt er nicht dazu, tief Luft zu holen, bemerkt nicht, daß die untergehende Sonne den Himmel, fast wie in Paris, in einem zarten Orange erglühen läßt, sich zum Meer hin, fast wie in Portofino, kleine Häuser, in denen gerade die Lichter angehen, an einen Hang schmiegen. Er sieht nicht, daß ganz Los Angeles ein einziges faszinierendes »Fast wie« ist.

Für die Fahrt vom Haus des Produzenten zum Hotel, endlose Serpentinen hinab von den Hügeln in die Ebene, braucht es das Orientierungsvermögen eines Magellan. Über sich den Himmel, an dem nur ein Stern steht, und immer noch berauscht von der Mixtur aus Weißwein, Abendkleidern und einem Gefühl der Fremdheit, entgeht dem Schriftsteller eine wichtige Tatsache: daß auf Los Angeles, die willkürlich wuchernde Stadt da draußen, das rechtwinklige Raster der Straßen New Yorks, mit seiner vernünftigen Gliederung in Künstlerviertel und Einkaufsmeilen, ganz und gar nicht paßt. Denn das Raster von Los Angeles ist gekrümmt, wie die angenommene mathematische Unterwelt, und hier bewegt man sich nicht nach den Gesetzen der Logik. Unter der Oberfläche findet sich eine tiefere Schicht, aber unmittelbar darunter kommt wieder die Oberfläche zum Vorschein. So sieht der Schriftsteller nur die Rauchspuren von Elementarteilchen, als Ahnung von etwas Substantiellerem, das ihm entgangen ist.

Schließlich ist er wieder in seinem Hotelzimmer, das leider nach Osten hinausgeht, auf die jetzt tiefschwarzen Hügel. Ginge sein Fenster Richtung Westen, hätte er das Funkeln und Glitzern gesehen, das sich über fünfundzwanzig Meilen bis zum Meer hin ausbreitet. Er hätte gesehen, wie sich die Straßen von Los Angeles über kleine Hügel winden, so wie Finger, die sich von unten in die Landschaft schieben. Wie sich die Straßen diagonal über diese Schraffur schlängeln und eine Vielzahl von Wegen bilden, auf denen man, die Hypotenuse tangierend, von einem Punkt zum anderen gelangen kann. Dies sind die Straßen der Liebenden, auf denen Schauspielstudent A nach einem heißen Telefongespräch in neun Minuten die achtzehn Meilen quer durch die Stadt zu Schauspielstudentin B in ihr Kellergeschoß zurücklegt. Hätte der Schriftsteller auf einem Balkon mit Blick zum Meer über der City gestanden, dann wäre vielleicht aus einem winzigen Fenster die frohe Stimme eines unter der Dusche Singenden, erfüllt von der Überzeugung, daß dies ein Ort zum Glücklichsein ist, zu ihm gedrungen. Er hätte über den Häuserreihen auf den Hügeln die fünf oder sechs Flugzeuge gesehen, die zu jeder Tages- und Nachtzeit wie reglos über der Stadt schweben, Flugzeuge, die ihn sofort an seinen Jetlag erinnern, der jetzt auf geheimnisvolle Weise umgekehrt zu wirken scheint: Obwohl es an der Ostküste drei Uhr morgens ist, ist er hellwach und sieht, wie die Hügelkuppen zu Tafeln abgeflacht wurden, auf die irgend jemand ein palaisartiges Phantasiegebilde in französisch-italienischer Tudorgotik gesetzt hat. Da er um diese Zeit in New York kein mitfühlendes Ohr mehr finden wird, geht er hinunter in die Hotelbar.

Die Bar ist gut besucht, und er kommt mit Candy ins

Gespräch. Candy ist entweder neunzehn oder fünfundzwanzig oder auch zweiunddreißig, und sie verkündet ihren Glauben an die Kräfte des Amethysts, den sie um den Hals trägt, so inbrünstig wie Kaiser Konstantin den seinen an die Kirche von Rom. Der Schriftsteller weiß, daß dieser Glaube schon nächste Woche vergessen oder durch einen anderen ersetzt sein wird, und er nimmt sich vor, darüber in seinem Artikel zu schreiben. Wegen des anhaltenden Entsetzens übersieht er, daß Candy einem noch dümmeren und noch inniger gehegten Glauben anhängt: dem Glauben, daß sie ein Talent besitzt, das sie ganz nach oben bringen wird. Der Boden von L. A. ist mit diesem Glauben getränkt, er ist in den Autos, in der Kleidung und in den Gesprächen der Stars von morgen. Dieser Glaube hat keine wirkliche Grundlage, doch oft genug kommt mit ihm eine Schar von neuen Gläubigen, und er wird zum Mantra aller Hoffenden, ganz gleich welcher Bildung oder Klasse. Der Schriftsteller schaut auf das wilde Gewirr von Haaren ihm gegenüber und steckt Candy in eine passende Schublade. Was er vergißt, ist, daß die Dummen zwar nicht schreiben können, aber Schauspieler, Mann, das sind sie.

Am nächsten Morgen, nach einem schlaffen, ohnmächtigen Schlaf ohne Sex, wartet der Schriftsteller mit einem Kater und ohne Sonnenbrille in einem umwerfend sonnigen Straßencafé auf sein Opfer. Der Produzent kommt, nachdem er zweimal im Café angerufen hat, um zu sagen, daß er sich um eine Viertelstunde verspäten wird, schließlich angerauscht – eine halbe Stunde zu spät, aber ganz ohne schlechtes Gewissen, so als ob er pünktlich wäre, und er umarmt erst einmal die Hälfte der Gäste, bevor er Platz nimmt. Und so sitzen sich nun zwei Klischees gegenüber: das eine, das täglich gelebte, und das andere, das für die Reise angenommene. Der Schriftsteller braucht keinen Kassettenrecorder, denn es sind nicht die Worte, die er wiedergeben wird, sondern die Fakten, die, die er sieht, und die, die er sich vorstellt, die in seine Theorie passen. Das Entsetzen macht es sich bequem und sieht die ganze Sache durch seine eigene Brille. Nach vierzig Minuten rutscht das Handy vibrierend über den Tisch, und die Unterhaltung ist vorbei.

Es ist schon dunkel, als der Schriftsteller nach angenehm kürzerem Flug in New York City ankommt, auf dem Flughafen mit der melodischen und historischen Abkürzung JFK statt des atonalen, wortspielerischen LAX. Langsam läßt das Entsetzen nach. Eingelullt vom Holpern des Taxis und einem einstündigen Blick auf die geliebte Stadt von der völlig verstopften Triborough Bridge, kommt der Schriftsteller zu Hause an, mit einem Laptop voller Urteilssprüche. Die Autopsie wird per Fax weitergeleitet, freudig bearbeitet und veröffentlicht und dann voll Stolz an zustimmende Freunde und Familienmitglieder verteilt. Der Schriftsteller aus New York liegt ausgestreckt auf seinem Bett, neben dem klappernden Heizkörper, auf dem ein ausgeliehenes Video vom letzten Flop des Produzenten liegt, durch Zufall wie zu einem

Hufeisen zusammengeschmolzen. Er schläft ein, unter einem Himmel ohne Sterne, langsam rutscht ihm sein Manuskript aus der Hand, und nicht einmal im Traum fällt ihm ein, daß man nicht über seinen unbedarften amüsanten, romantischen Bruder spotten sollte.

Unsinn

Drivel

Dolly ist mir einmal bei einer Party zu Hilfe gekommen. Sie war eine Künstlerin und stellte bei der Biennale im Whitney-Museum aus, also hatte sie eine bestimmte Auffassung, eine bestimmte Ansicht, ein bestimmtes Verhältnis zu den Dingen. Sie trat als Fremde in mein Leben und nahm mich in Schutz, als mich ein paar von diesen Salonlöwen attackierten, weil ich Herausgeber von *Unsinn – Magazin für Amerika* war. Bei meinen Veröffentlichungen ginge es ja, so erklärte sie, nicht um Unsinn an sich, sondern um Unsinn als geistige Vorstellung.

Einen Drink später waren wir uns schon nähergekommen. Dolly lümmelte auf der Couch, den Rock zwischen die leger gespreizten Beine geschoben, und ich schüttete dieser Frau, die ich noch nicht einmal zehn Minuten kannte, mein Herz aus. Wie schwer es wäre, wirklich guten Unsinn zu finden, geschweige denn, ihn zu schreiben. Sie wußte, daß, wenn man Erfolg haben wollte, man über jedem Wort brüten mußte, es fünf-, sechsmal ändern mußte, sich über jedes Komma, jeden Punkt den Kopf zerbrechen mußte.

In jener Nacht haben wir dann miteinander geschlafen. Das Schnalzen des Kondoms hallte durch die Wohnung – es klang, als ob Lawrence von Arabien seinen Speer in einen arabischen Schild stieß. Ich flüsterte ihr Passagen aus *Herakles' Harnisch* ins Ohr, einem Liebesroman mit tausend Seiten und drei Autoren. Das gefiel ihr.

Ich war Herausgeber des *Magazins* und hatte selbst noch nie etwas geschrieben. Aber als ich an jenem Morgen aufstand, war ich so voller Energie – wohl eine Folge der Nacht vorher –, daß ich mich hinsetzte und selbst ein paar Zeilen aufs Papier warf. Aufgeregt gab ich Dolly das Blatt. Sie nahm es, ging nach nebenan und ließ mich für einige angstvolle Minuten allein. Dann kam sie zurück und sah mich an. »Das ist ja nicht nur Unsinn«, sagte sie überschwenglich, »das ist der *blanke* Unsinn.« In glockenhellem Sopran stimmten die Schmetterlinge in meinem Bauch ein »Halleluja« an.

Am Abend feierten wir mit Champagner, und ich sagte ihr, ihre Haut hätte die Farbe von reinweißem Schreibmaschinenpapier im Licht der Sonne Neumexikos, das das Rosa der Lehmmauern eines Pferdestalls reflektierte.

Die nächsten zwei Monate waren paradiesisch. Ich gab den Unsinn nicht mehr nur heraus, nein, ich schrieb ihn selbst. Auch Dolly hatte einen kreativen Schub, der sich schließlich zu einer phantastischen, bodenlosen Depression steigerte. Sie malte ein kleines Stilleben – das insofern Konzeptkunst war, als es keinerlei Konzept hatte.

Der Betrachter wurde zum »Betrachter«, der sich ein Bild ansah, das zum »Bild« wurde. Der »Betrachter« verließ dann die Ausstellung, um seine Eindrücke mit »anderen« zu »diskutieren«. Mit einer winzigen Pause beim Reden konnte Dolly ein Wort in Anführungszeichen setzen (sogar *Kursiv*gedrucktes konnte sie mit einem kleinen Schlenker in der Stimme andeuten).

Ich wollte mir kein eigenes Urteil über meine Arbeit anmaßen, und da auch Dolly wegen ihrer Liebe zu mir voreingenommen war, verschickte ich meine Arbeiten. Erst als sie von fünf verschiedenen Zeitschriften abgelehnt worden waren, wagte ich die Veröffentlichung im *Magazin*. Dolly schuf, angetrieben von ihrer Depression, inzwischen ein Kunstwerk nach dem anderen und verkaufte sie an einen Rockmusiker mit dem ungewöhnlichen Namen Faden Arsch – so kam Geld ins Haus, und er schien ihre Sachen wirklich zu mögen.

Mit einem Mal jedoch wurde das Feuer unserer Liebe zum Erlöschen gebracht – so als hätte jemand Wasser von einem hohen Turm auf einen brennenden Hund geschüttet.

Was war geschehen? Eines Tages kam Dolly zur üblichen Zeit nach Hause. Ich mußte ihr etwas sagen und wußte nicht, wie. Schließlich brachte ich es trotz meiner Aufregung doch ziemlich beiläufig heraus.

»Ich war in der Stadt und habe im DIA dein neues Bild gesehen, das mit dem Toaster. Es hat mir gefallen.«

Sie bedankte sich für das Kompliment und wollte gerade aus dem Zimmer gehen, da hielt sie plötzlich inne – wie ich es erwartet hatte.

»Du meinst, es hat dir ›gefallen‹, ja?« Ich konnte die Anführungszeichen deutlich heraushören.

»Nein, es hat mir *wirklich* gefallen«, wiederholte ich.

Forschend sah Dolly mich an, kam zu mir und setzte sich neben mich. »Rod, soll das heißen, du bist *nicht* in die ›Galerie‹ gegangen und hast mein ›Bild angeschaut‹?« Traurig nickte ich.

»Soll das heißen, du hast ohne einen Hauch Ironie einfach mein Bild angeschaut?« Wieder nickte ich zustimmend.

»Aber Rod, wenn du dir mein Bild von einem Toaster ohne jede Spur Ironie ansiehst, dann ist es doch einfach nur ein Bild von einem Toaster.«

»Ich kann dir nur sagen, daß es mir gefallen hat«, erwiderte ich. »Ich fand den Toaster einfach gut.«

Eine Nacht lang quälten wir uns, taten so, als wäre alles wie immer, aber als der Morgen kam, war es aus mit uns beiden, und Dolly verabschiedete sich mit einem hingehauchten »Mach's gut«, in dem unüberhörbar der ironische Unterton mitschwang, den ich so an ihr liebte.

Ich wollte davonlaufen, ihr hinterher, hinaus in die Nacht – obwohl es schon Tag war –, denn ich wurde von Schmerz zerrissen, wie eine Socke, in der eine Bocciakugel zu viel ist.

Dies waren meine abschließenden Worte in der letzten Ausgabe des *Magazins.* Dolly soll zeitweise mit diesem Faden Arsch zusammen gewesen sein, aber ich bin mir sicher, sie hat sich das Magazin noch einmal geholt und so meinen letzten, kurzen und schmerzhaften Ausbruch von Unsinn miterlebt. Ich stelle mir vor, wie ihr dabei eine Träne über die Wange lief und eine Spur hinterließ – wie eine Schnecke, die über weißes Porzellan kriecht.

Lockere Liebe

I Love Loosely

RICKY: Liebling, ich bin wieder da!

LUCY: Hallo Liebling! Und – wie war's heute im Club?

RICKY: Alles bestens.

LUCY: Und – was hast du gemacht?

RICKY: Das Übliche – eine neue Nummer geübt, und dann hatte ich ein bißchen Sex mit einer von den Platzanweiserinnen.

LUCY: Ich fasse es nicht!!!

RICKY: Aber Lucy, was ist denn los?

LUCY: Du sagst, du hattest Sex mit einer Platzanweiserin … Ich fasse es nicht!!!

RICKY: Jetzt komm, Lucy – es war doch nur oral.

LUCY: Wirklich?

RICKY: Aber ja, Lucy.

LUCY: Also kein Geschlechtsverkehr?

RICKY: Aber natürlich nicht – das wäre doch Ehebruch.

LUCY: Ach ja, fast hätte ich vergessen, daß du mir diese Stellen aus der Bibel vorgelesen hast, wo das steht.

RICKY: Also, ich ziehe mich jetzt um, und du machst inzwischen das Abendessen.

LUCY: Ja, Ricky.

(Ricky verläßt das Zimmer, Lucy geht ans Telefon.)

LUCY: *(am Telefon)* Ethel?

ETHEL: *(am Telefon)* Was ist denn diesmal los, Lucy?

LUCY: Ethel, ich bin mir nicht so sicher … von wegen »Oraler Sex ist kein Ehebruch«.

ETHEL: Ist das wieder einer von deinen Witzen?

LUCY: Nein, bestimmt nicht, Ethel. Es ist nur, weil Ricky behauptet, daß das so in der Bibel steht.

ETHEL: Warum fragst du denn nicht einfach einen Priester?

LUCY: Ja, und wo finde ich einen?

ETHEL: Zufällig ist gerade einer bei uns im Haus, bei Mrs. Trumble. Soll ich ihn zu dir runterschicken?

LUCY: Ja – ich danke dir, Ethel.

(Es klopft. Lucy macht auf, und vor der Tür steht ein Priester.)

LUCY: Das ging aber schnell.

PRIESTER: Ich grüße Sie, Mrs. Ricardo. Schauen Sie, hier im dritten Buch Mose steht es – Oralsex ist kein Ehebruch.

LUCY: Aber woher wußten Sie, daß ich Sie das fragen wollte?

PRIESTER: Seit Monaten werde ich nichts anderes gefragt. Zu Tausenden sind die Männer unserer Kirche beigetreten! Oh … oh … autsch!

(Der Schnurrbart des Priesters fällt ab.)

LUCY: Fred!

FRED: Es war Rickys Idee, ehrlich, Lucy!

(Ricky kommt dazu.)

RICKY: Hast du das Abendessen fertig, Lucy? *(Er sieht Fred und stößt einen Fluch auf spanisch aus.)*

(Ethel kommt dazu, sieht den heruntergefallenen Schnurrbart, hebt ihn auf und gibt ihn Fred.)

ETHEL: Hier, das solltest du dir auf deine Glatze packen – zur Erinnerung an alte Zeiten.

LUCY: Aber wie konnte Ricky denn wissen, daß ich Angst hatte, daß Oralsex vielleicht doch Ehebruch ist?

ETHEL: Ich habe alle deine Anrufe aufgenommen und ihm die Bänder verkauft, Lucy.

LUCY: Aber Ethel, du bist meine beste Freundin!

ETHEL: Das war die Revanche dafür, daß du mir damals zugeredet hast, diesen fürchterlichen, enganliegenden Hosenanzug ins Beverly Hills Hotel anzuziehen.

RICKY: Ethel, entschuldige dich bei Lucy.

ETHEL: Okay, Lucy, es tut mir leid, daß ich all deine Anrufe aufgenommen habe und dein ganzes Leben zerstört habe.

LUCY: Ach Ricky, mir tut es auch leid, daß ich dachte, du hättest Ehebruch begangen – wo es doch nur Oralsex war.

(Alle fallen sich um den Hals.)

FRED: Kann ich jetzt die Halskrause abnehmen, Ricky?

Lolita mit Fünfzig

Lolita at Fifty

Lolita Haze, verheiratete Guccioni (obwohl gegenwärtig alleinstehend), schob ihren Einkaufswagen zur Seite und kniete sich hin, um die Flasche Weichspüler aufzuheben, die wegen ihres flotten Gangs aus dem Regal gefallen war. »Lassen Sie nur, ich mache das«, sagte ein Angestellter, der die Regale auffüllte, mit verträumter Stimme. Lolita sah ihn über ihre Sonnenbrille hinweg an und sagte schwer atmend: »Schon erledigt.«

An einem Ende des Ganges stand die übliche Gruppe Schaulustiger. Sie wußten, daß Lolita es selbst tun würde, aber das Beste war der Blick von hinten, von der Kasse aus: Wie sich der lange Körper bog, die Knie geschlossen, die Knöchel jedoch auseinander, wie die Arme länger wurden als die ganze vornübergebeugte Gestalt, als sie nach unten langte, und wie man durch das gelbe Minikleid hindurchschauen konnte, als es sich bei der beschwerlichen Bewegung dehnte. Ein Schaudern ging durch die gesamte Belegschaft des Supermarktes, vom Mann am Packtisch bis zum Direktor hinauf. Sogar die Überwachungskamera blieb mitten im Schwenk stehen.

Als Lolita auf dem Weg zur Kasse war, verdeckte ein junger Kassierer, der erst vor kurzem vom Packtisch zur Kasse aufgestiegen war, hastig das Schild »Maximal 10 Artikel« – in der Hoffnung, sie so an seine Kasse zu locken. Sie bezahlte mit Scheck und ließ sich viel Zeit dabei; mit grazilem Schwung setzte sie ihre Unterschrift mit dem Herz über dem »i« darauf. Diese Handlung diente drei Zwecken: Erstens wurde der Scheck unterschrieben, zweitens provozierte sie nervöse Blicke des Mannes am Packtisch, und drittens rutschte ihre kurze Bluse hinten etliche Zentimeter hoch, das heißt, ihr Einflußbereich erstreckte sich über dreihundertsechzig Grad.

Auf dem Parkplatz lehnte sie sich an ihren gelben Roadster und schlug, auf den Zehen wippend, gelangweilt mit dem Absatz ihres halbverrutschten Schuhs auf den Asphalt. Schwitzend lud ein Dreizehnjähriger ihre Tüten in den Kofferraum. Sie löste sich aus ihrer üblichen Haltung – Hände in die Hüften gestemmt (eine Pose, die sie nur ausnahmsweise nicht einnahm. Mark, ihr dritter Ehemann, hatte sogar einmal gesagt, daß immer irgendein Teil ihres Körpers diagonal zu einem anderen war) – und schlenderte lässig zu der übriggebliebenen Tüte mit Äpfeln, so lässig, daß man meinte, sie hätte sich überhaupt nicht bewegt. Locker hob sie die Tüte hoch und hielt sie so mit der Faust, daß sie an ihrem erhobenen Unterarm anlag. Sie drehte sich auf dem Absatz, schleuderte die

Tüte in den Kofferraum und gab dem glotzenden Jungen einen Dollar. Dabei las sie sein Namensschild, sah ihn an und sagte: »Vielen Dank, Rory.«

»Danke, Miss… Miss…«, erwiderte der Junge.

»LO-LI-TA«, sagte sie betont langsam. Dem Jungen brach der Schweiß aus allen Poren, und seine Pubertät begann.

Auf der zwanzigminütigen Fahrt über den Ventura Boulevard unter der ewigen Sonne Kaliforniens dachte Lolita nach. Ich habe diesen Landhausstil satt, dachte sie, als sie in die Einfahrt zu dem Haus einbog, in dem sie mit zwei Ehemännern gelebt hatte. Sie ging in die Küche und nahm dort ihre nachdenkliche Pose ein, die Hüfte gegen die Arbeitsplatte gestemmt und eine Hand am Griff einer Schranktür. »Ich bin jetzt vierundfünfzig«, belog sie sich selbst. »Vielleicht der richtige Zeitpunkt, mich zu verändern.« Sie dachte, daß ihr eine Wohnung auf der L. A. zugewandten Seite der Hollywood Hills, wo es mehr Leute wie sie gab, gut gefallen würde.

Lolita fiel es nie schwer, eines ihrer Häuser zu verkaufen. Sie hatte eine Maklerlizenz, und solange unter den Interessenten ein Mann war, mußte sie nur vor Ort sein, wenn sich das Paar im Haus umsah. Männer fühlten einen übermächtigen Drang, mit ihr in einem Raum zu sein – besonders, wenn sie ihr Schlafzimmer gesehen hatten, das einem Spiegelkabinett glich. Auf dem Toilettentisch standen Lippenstifte, aufgereiht wie Munition – und genau das waren sie auch. Hinter einer Schiebetür öffnete sich ein Kleiderschrank, in dem sich ein ganzer Regenbogen von Miederhosen verbarg, ins Unendliche reflektiert von Wand zu Wand. Lolita stellte es so an, daß die Ehefrauen nie etwas von dem zunehmenden Interesse ihrer Männer an Teppichböden merkten. Sie folgte den Interessenten in die Küche, wo sie dann lässig in der Tür stehen blieb und ihre Ausführungen unterstrich, indem sie mit einer Banane herumwedelte. Die Ehemänner konnten es kaum noch erwarten, das Haus zu kaufen – nur, um beim Vertragsabschluß in einem Raum mit ihr zu sein.

Diesmal jedoch, während sie auf das unvermeidliche »Ja« der Interessenten wartete, nagte etwas hartnäckig an ihrer Seele: Sie verspürte den Drang zu arbeiten. Das war eine enorme Veränderung in ihrem ganzen Denken, denn sie hatte noch nie auch nur einen Tag gearbeitet – außer daran, Lolita zu sein. Ich bin noch völlig unverbraucht, dachte sie. Ich könnte mir gut vorstellen, gegen zehn ganz gemächlich in irgendeine Boutique zu spazieren und dann gegen drei, nach einem schönen ausgedehnten Mittagessen auf Kosten des Geschäfts, wieder nach Hause zu spazieren. Es würde mir Spaß machen, jedesmal, wenn ein Kunde hereinkommt, plötzlich von einem Hocker zu springen. Das kann ich gut. Sie dachte auch, daß es nett wäre, die Zeitschalter in einem Sonnenstudio einzustellen. Mein Gott, bei *Christoph's* hatte sie doch auch gelernt, wie man das macht, warum sollte sie also nicht Geld damit verdienen? So stand sie in der Küche, hin- und hergerissen von gegensätzlichen ... nein, *Kräften* wäre ein zu starkes Wort, *Substantiven* trifft es wohl eher – Lethargie und Langweile –, und brachte doch nicht soviel Kraft auf, den Telefonhörer in die Hand zu nehmen und sich nach Jobs zu erkundigen. Als es jedoch ein paar Sekunden später klingelte, verlieh ihr die plötzliche Sinneswahrnehmung genug Energie, um den Arm zu bewegen und abzunehmen.

»Kannst du nicht Hula-Hoop?« Es war ihre Freundin Christine aus dem Schönheitssalon, die anrief, um ihr zu sagen, daß eine ihrer Kundinnen jemanden suchte, der einem Kinderstar für einen Film, der in den Sechzigern spielte, Hula-Hoop beibrachte. »Um den Job zu kriegen, mußt du dich mit einem Typen namens Laszlo zu einem Vorstellungsgespräch treffen. Ich gebe dir mal seine Nummer.« Es war genau der richtige Augenblick, und die Idee fuhr wie ein Stromstoß in den bisher schlafenden Bereich ihres Gehirns mit dem Namen »Arbeit«. In der Zeit, die der Hörer beim Auflegen von ihrem Ohr bis zum Telefon brauchte, hatte Lolita den Entschluß gefaßt, das andere gelbe Minikleid anzuziehen und nach Burbank zu fahren, um sich dort mit Laszlo zu treffen.

Laszlo, der eigentlich gar nicht aussah, als ob er so hieße, empfing sie in einem Büro, das für jemanden, der ja wohl ein großer Filmboß sein mußte, ziemlich schäbig wirkte. Ohne sie anzusehen, fragte er: »Vorname?«, und Lolita antwortete: »LO-LI-TA.« Sie sprach ihren Namen aus wie eine Dampfheizung mit Konsonanten.

»Familienname?«

»Lolita Rooney-Burton. Winn-Fortensky-Guccioni«, sagte sie, wobei sie aus Zeitgründen einige Namen wegließ und ein paar andere hinzufügte, um das Ganze aufzupeppen.

»Ausbildung?«

Unbehaglich rutschte Lolita hin und her, und der Polyester ihres Rocks quietschte auf dem Lack des Stuhls. »Könnten wir das nicht auf dem Golfplatz erledigen?« fragte sie. Laszlos Gesicht verzog sich zu einem Fragezeichen, er sah Lolita zum ersten Mal an, schaute dann auf die Uhr an der Wand und hob kurz das Kinn, was wohl soviel hieß wie »Na los«.

Lolitas Körper war für Golf besonders geeignet, was man von dem ihres Gesprächspartners nicht sagen konnte. Laszlo schwang sein Holz, als wolle er damit einen Nagel in ein Blumenbeet schlagen. Manchmal schoß sein Ball zufällig in die Luft, manchmal wurde er in den Boden gedrückt und steckte da wie ein eingesunkener Augapfel. Lolitas Schlag hingegen war selbst für die *Ohren* ein Genuß: Ein langes Zischen, das die Luft durchschnitt und plötzlich endete, wie ein Peitschenknall. Dazu kam das Schauspiel in drei Akten, wenn Lolita den Ball auf das Tee legte. Nur waren es diesmal nicht die Jungs vom Packtisch und die Mädels von der Kasse, die zuschauten, sondern Fondsmanager und Börsenmakler – allesamt potentielle Ehemänner, die nur noch nichts davon wußten. In ihrem gelben Minikleid sah sie aus wie eine kleine

Sonne, die von einem Green zum nächsten rollte. Als das Spiel zu Ende war, hatte Lolita nicht nur den Job in der Tasche, sondern sie hatte dem Profi auch ihr Haus verkauft.

Als sie drei Monate später das Geld bekam, kaufte sich Lolita ein zweistöckiges Haus im kalifornischen Stil in West Hollywood und machte es sich zwischen dem goldenen Tellerrand von Beverly Hills auf der einen Seite und einer autonomen schwulen Enklave auf der anderen gemütlich. Das einzig Negative an dem Umzug war, daß die Eskapaden im Supermarkt nicht mehr den gewünschten Eindruck machten. Die Angestellten starrten sie jetzt nicht mehr an, sondern schauten höchstens, ob sie einen Adamsapfel hatte.

Lolitas neuer Wohnsitz, obwohl nur siebzehn Meilen von ihrem alten entfernt, veränderte ihren Lebensstil vollkommen. Sie hatte eine Verabredung nach der anderen – einige davon mit dem völlig hingerissenen Laszlo – und gab ihre Hula-Hoop-Stunden fast regelmäßig, so daß zusätzliches Geld für Kosmetikbehandlungen und Massagen hereinkam. Manchmal kam Leo, ihr vierter Ehemann – der, den sie wirklich liebte – vorbei und brachte einen Geschenkkorb von einem Badeshop in Beverly Hills mit, und manchmal schmuste sie dafür ein bißchen mit ihm, mehr aber auch nicht. Sie wurde zu Premieren und Ausstellungseröffnungen eingeladen, und sie konnte zu Fuß nach Beverly Hills gehen und sich dort im Drogerie-Discounter die Bräunungscreme holen, die sie jetzt den

Sonnenstudios vorzog. Lolitas Leben hatte sich verwandelt, so wie immer, ganz unkompliziert und fast mühelos.

Und nun, da sie sich in ihrem neuen Leben aufs beste eingerichtet hat und all ihre Fähigkeiten voll zur Entfaltung kommen, schlüpft sie – mit einem Hauch Make-up auf dem Gesicht für den Fall, daß der Postmann zeitig kommt – in ihr Bett, das einer Blätterteigtasche ähnelt, und wirft einen Blick auf das neue alte Foto eines Mannes in mittleren Jahren mit Namen Herbert, das sie beim Umzug wieder aus einer Schublade hervorgeholt hat. Sie sieht sich in ihrem Schlafzimmer um, das so hoch liegt und so sicher ist, daß sie bei offenem Fenster schlafen kann, und schwelgt in dem Gedanken an zwei Dinge: daß alle ihre Liebhaber treu waren und daß ihr Leben immer besser wird.

Klärung

Closure

Klärung. Das war es, was ich wollte. Vorher konnte ich nicht weitermachen. Das Taxi hatte mich ganze zehn Häuserblocks zu früh abgesetzt. Einundsechzigste Straße statt einundsiebzigste. Zum Glück hatte ich mir die Nummer des Taxis aufgeschrieben – für den Fall, daß irgend etwas zu klären wäre. Diesmal war es so. Vom Handy aus rief ich das Taxiunternehmen an und sagte ihnen, was ich wollte. »Die Sache muß irgendwie geklärt werden«, sagte ich, »ich muß irgendwie mit meinem Leben weiterkommen.« Sie verstanden, was ich meinte. So hatte der Tag begonnen.

Es war eine Kleinigkeit, es ging um das Wechselgeld im Supermarkt. Ein Dollar und fünfzig Cent. Das ist nicht viel, aber als ich dastand, das Geld zählte und den Fehler bemerkte, konnte ich nicht einfach darüber hinweggehen. Ich sagte es der Kassiererin. »Oje«, erwiderte sie. Oje? Oje? Damit war nichts geklärt. Sollte ich es einfach auf sich beruhen lassen? Ich hatte das Gefühl, der Laden wollte sich seiner Verantwortung entziehen. Der Chef kam und nahm mich zur Seite. Er verstand, was ich mit Klärung meinte. Er entschuldigte sich und übernahm die Verantwortung. Ich hatte Glück, ich konnte weiter.

Josie, meine Freundin, war schon in der Wohnung. Zwei Wochen zuvor hatte ich ihr den Schlüssel gegeben. Als ich mit den Einkäufen nach Hause kam, verstauten wir die Sachen und ließen uns etwas zu essen kommen. Wir sahen uns die Nachrichten an. Mord, Diebstahl, Betrug – so viele Leute, die nicht weiterkonnten. Ich küßte Josie und nahm ihre Hand. Wir gingen ins Schlafzimmer. Ich wollte mit ihr schlafen, aber ich konnte nicht. Zu viele ungeklärte Dinge. Aber sie wollte Klärung. Ich sagte ihr, daß, weil so viele Leute, mit denen ich zu tun hatte, keine Verantwortung übernahmen, ich mich selbst allmählich meiner eigenen Verantwortung entzog. Sie verstand, was ich meinte. Aber dennoch wollte sie Klärung.

Zwei Tage später. Mein Kinogutschein wird nicht akzeptiert. Hinter mir bildet sich eine Schlange, während ich versuche, dem Kartenverkäufer die Sache darzulegen. Ich hatte vorher angerufen, um sicherzugehen, daß sie den Gutschein annehmen. Sie hatten es bestätigt. Und trotzdem stehe ich jetzt hier und werde vor Fremden in Verlegenheit gebracht. »Laß uns doch einfach bezahlen«, sagt Josie und meint, wir sollten die Geschichte auf sich beruhen lassen. Ich kann nicht, die Sache muß erst geklärt werden. Der Mann an der Kasse meint, die Leute, die die Gutscheine ausgeben, hätten einen Fehler gemacht, und die Verantwortung läge bei ihnen. »Das heißt,

Sie müssen das erst klären«, sage ich. »Ja«, erwidert er, »vorher können wir nicht weitermachen.« »Also hängt meine Klärung von Ihrer Klärung ab«, sage ich. »Ja.« In diesem Augenblick sagt Josie: »Und ich brauche auch eine Klärung, und zwar heute abend noch.« Sie zahlt, und ich gehe mit, obwohl ich eigentlich nicht kann.

Wir sehen uns den Film an. Es geht um Maria Stuart. Sie wurde enthauptet. Damit war wenigstens für sie alles geklärt. Als der Film vorbei ist, sage ich: »Ende.« Wir können nach Hause gehen.

»Plop«, macht der Korken der Champagnerflasche. Josie trinkt. Ich bin besorgt. Sie küßt mich. Ich bin hilflos. Ich kann nicht weiter. Das Telefon klingelt, und der Anrufbeantworter springt an. Es ist der Direktor des Kinos. »Ich habe mich wegen der Gutscheine erkundigt«, sagt er, »Sie bekommen einen neuen ausgestellt. Ich hoffe, daß die Sache damit geklärt ist.« Ich lächle Josie an. Aber irgend etwas stimmt immer noch nicht ganz. Ich sehe, daß der Anrufbeantworter noch blinkt. Josie ist verärgert, als ich die Nachricht abhöre. Es ist das Taxiunternehmen. Sie entschuldigen sich. Jetzt kann es weitergehen.

Ich kläre die Sache mit Josie. Sie kuschelt sich an mich. Die Kerze brennt herunter und geht von allein aus. Ganz sacht scheint das Mondlicht ins Schlafzimmer. Ich sehe, daß die Tür nur angelehnt ist. Ich weiß, was ich jetzt brauche.

Das Jahr-3000-Problem

The Y3K-Bug

Nur noch acht Jahre trennen uns vom Ende des dritten Jahrtausends, und viele Wissenschaftler zeigen sich besorgt wegen der Rowdy-Tridentia-Funktion, die nicht für die Verarbeitung der Jahreszahl 3000 programmiert ist. »Wer konnte denn wissen, daß die Menschen sechshundert Jahre alt werden würden?«, sagte Tyrell Kaminbaby Nr. 9, dessen Arbeit auf dem Gebiet der dänischen Metaoszillatitaniaten den Weg für den Fundalator ebnete. »Ja, es stimmt«, fährt Nr. 9 fort, »Schlag Mitternacht werden bei einigen Leuten die Köpfe explodieren. Natürlich werden sie wieder nachwachsen, aber das Problem ist, daß sie ihr ganzes Leben lang weiterexplodieren werden. Bei der Silvesterparty wird das alles vielleicht ganz nett sein, aber ich denke spätestens am Dirndltag werden die meisten genug davon haben.«

Nun haben wir alle natürlich schon die eine oder andere Kopfregeneration hinter uns, weshalb also die Aufregung? Das Problem ist, daß bei den meisten von uns, die das Implantat für die Rowdy-Tridentia-Funktion vor dem Jahr 2465 in den Zwölffingerdarm eingesetzt bekommen haben, zwei der Penisse nicht mehr funktionieren werden. Damit wird ein Großteil von uns acht Vaginas, aber nur noch sechs funktionierende männliche Organe haben. Sicher, man kommt auch mit nur sechs Penissen zurecht, aber wo bitte, bleibt denn da die Lebensqualität?

Einige Fachleute haben erklärt, daß das Problem zu sehr dramatisiert wird, daß ein Kopf *schlimmstenfalls* vielleicht sieben- oder achtmal explodiert und daß das auch kaum eine Rolle spielt, weil die meisten ihre Köpfe doch sowieso zu Hause in einer Aluminiumkiste aufbewahren. Einige halten dem entgegen, daß es hier um eine moralische Frage geht. Wir haben ein Recht darauf, unsere Köpfe explodieren zu lassen, weil *wir* das wollen, und nicht, weil irgendein Megakonzern es versäumt hat, sich darum zu kümmern, was in sechshundert Jahren passieren wird. Das ist genauso ein Grundrecht, behaupten sie, wie das Recht, die Flüsse der Welt zur persönlichen Bereicherung umzuleiten, wie das Recht, jedem beliebigen Menschen den Saum seiner Kleidung zu ändern, oder das Recht, über eine der niederen Rassen zu herrschen, wie beispielsweise über die Nachkommen der Gäste von Jerry Springers Schmuddel-Talk-Show, die in Tarzana leben.

Viele Menschen befürchten, daß es wegen des Jahr-3000-Problems Schwierigkeiten mit den Feiertagen geben wird. Das wäre möglicherweise beim alten Gregorianischen Kalender der Fall gewesen, dessen große Feiertage

Weihnachten und Ostern waren, aber nicht beim neuen jordanischen Kalender, der im ersten Jahrzehnt des einundzwanzigsten Jahrhunderts von Michael Jordan eingeführt wurde. Beim Jordanischen Kalender, in dessen Mittelpunkt die drei großen Fernsehereignisse des Jahres stehen, das heißt der Super Bowl, die Verleihung der Oscars und die Entscheidungsrunde im Basketball, muß lediglich eine Verzögerung von sechs Sekunden beim Beginn des dritten Viertels der Basketball-Halbfinalspiele alle sechsundzwanzig Jahre eingeschoben werden, um Genauigkeit zu gewährleisten. Das dreitägige Wochenende zu Ostern, Weihnachten und Rosh Shashona sollte nicht betroffen sein.

Was kann ich tun?

Versuchen Sie, sich zu entspannen. Wenn der Silvesterabend kommt, legen Sie sich einen alten Film ein, wie zum Beispiel die launige Komödie »2001«. Oder Sie gönnen sich mal ein Glas Wasser. Dieser Abend ist vielleicht auch eine gute Gelegenheit, etwaige Plasmalecks an Ihrem Körper zu stopfen. Verwenden Sie dabei auf jeden Fall die neuen Echtmausstopfen statt der alten Polyhydrinmodelle. Die Echtmausstopfen sind zuverlässiger, und außerdem haben es viele Leute gern, wenn ein kleines Tierchen aus ihrem Körper herausschaut.

Verreisen Sie! Lassen Sie Ihre Sorgen daheim und schauen Sie sich mal ein echtes Haus aus dem zwanzigsten Jahrhundert an. Kaum zu glauben, aber Sie werden eine Wohnstätte sehen, deren Zimmer zweieinhalb Meter hoch sind! Heute, wo sich manche Leute schon in sieben Meter hohen Räumen bücken müssen, ist der Anblick dieser Zwergenhäuschen immer wieder ein amüsanter Trost, wenn einem mal die Decke auf den Kopf fallen sollte.

Bleiben Sie zu Hause und lassen Sie Ihren Kopf in die Luft fliegen. Schlimmstenfalls müssen Sie pausieren, bis Ihnen ein neuer Kopf nachgewachsen ist. Und wir alle wissen doch, wie entspannend es ist, wenn mal keine Faxe im Kopf ankommen, wenn Ihre rechte Hemisphäre mal keine b-mails von Präsident Paul empfängt.

Was passiert, wenn ich gerade auf einer Party bin und mein Kopf explodiert?

Alle sind über das Jahr-3000-Problem informiert, und höchstwahrscheinlich werden Sie nicht der einzige sein, der in die Luft geht. Sicher werden sowieso alle ein wenig auf Distanz gehen, wenn es Mitternacht schlägt. Seien Sie trotzdem auf den Spott gefühlloser Menschen vorbereitet, die Sie »alter Sechsschwänzer« nennen werden.

Trotz all dieser Ratschläge gibt es sicher unter Ihnen

noch einige, die dem neuen Jahrtausend und den damit verbundenen Problemen unsicher gegenüberstehen. Sollte Ihnen also die rechte Unbeschwertheit noch fehlen, dann denken Sie an die Worte, die der Vorsitzende der inneren Planeten letzte Woche sprach: »Alles wird gut. Und versäumen Sie auf keinen Fall unsere zweistündige Sondersendung, in der wir die Musik des Jahrtausends Revue passieren lassen – präsentiert von Andromeda.« Dick Clark.

Ein Wort von den Worten

A Word from the Words

Lassen Sie mich zunächst sagen, wie sehr es mich freut, eines der Worte in diesem Buch zu sein, und wie dankbar ich für die Gelegenheit bin, im Namen der ganzen Gruppe zu Ihnen zu sprechen. Oft sind wir so damit beschäftigt, für andere zu sprechen, daß wir gar nicht dazu kommen, für uns selbst oder direkt zu Ihnen, dem Leser, zu sprechen. Ich glaube, es ist redundant zu sagen »zu Ihnen, dem Leser« – aber wir sind nun einmal nicht daran gewöhnt, uns schriftlich zu äußern, und in meinen Ohren klingt es besser als »zu Ihnen, den beiden riesigen Händen, die mich halten« oder »zu Ihnen, dieser großen, schweren Masse von Protoplasma«.

In diesem Buch tauchen die verschiedenartigsten Wörter auf, und da ist immer etwas los. Man kann sich mit den knallharten Pragmatikern wie *der, die, das* zusammenhocken und ein Bier trinken oder mal bei dem erhabenen *Gefilde* vorbeischauen, das sich als wirklich nettes Substantiv erwies – mit einer ganz reizenden Frau, *Tutu.* Auch mit *apodiktisch* hatten wir eine Menge Spaß – der

Typ hatte wider Erwarten wirklich Humor und dazu eine offene Art, von der wir uns alle eine Scheibe abschneiden konnten. Ich kann mich nie richtig entscheiden, ob ich in dieser Welt der Worte lieber zum Proletariat oder zur Bourgeoisie gehören möchte. Sicher, die einfachen Worte, wie die Pronomen und die transitiven Verben, werden häufig benutzt, aber das ist auch anstrengend (Sie sollten sehen, wie sie die ganze Zeit herumgescheucht werden, immer ihre Objekte dabei). Die aufregenden Worte, wie *Fogosch* zum Beispiel, ja, die machen Eindruck, aber dafür werden sie auch nicht oft hergenommen. Da habe ich Glück. Ich bin *Schlüpfer*. Manchmal werde ich ganz unverfänglich benutzt, aber dann wieder komme ich in mächtig scharfe Sätze in verdammt guten Büchern. Natürlich, manches finde ich schon ziemlich erschreckend. Und genau dazu möchte ich etwas sagen: Wenn Sie etwas lesen, das Sie abstößt – geben Sie nicht dem Wort die Schuld. *Skrotum* zum Beispiel läuft durch die Gegend, als hätte gerade jemand seinen besten Freund umgebracht, dabei ist er ein ganz normaler Typ, der bloß immer wieder von irgendwelchen Sackgesichtern übel mißbraucht wird. Genauso wie *Pickel*. Ich war dabei, als sie »einen Pickel auf dem Gesicht der Menschheit« aus ihm gemacht haben. Einen Moment lang war der Ärmste total deprimiert, ist mit einem Gesicht wie drei Tage Regenwetter herumgelaufen, hat sogar versucht, sich *mit einem Gesicht wie drei Tage Regenwetter* anzufreunden, aber bei uns, da läßt sich eine Redensart nicht mit einem einfachen Wort ein, das gibt es eben nicht. Was mich auch ärgert, ist, daß man einfach zwei ganz gewöhnliche Wörter zusammensetzen kann, und dann sind sie auf einmal ganz oberwichtig. Ich? Ja sicher, ich wäre gerne ein Eigenname, aber ich bin's nun mal nicht und damit basta. Auch wenn es jetzt gerade Mode ist, Kindern die ausgefallensten Namen zu geben, ist es doch ziemlich unwahrscheinlich, daß Eltern ihr Baby *Schlüpfer* nennen.

Das ist für mich auch das erste Mal, daß ich auf einer Buchseite bin – seit ich am dreiundzwanzigsten Januar getippt wurde. (Bald hab ich Geburtstag!) Als ich noch ein Computerwort war, das war toll. Ich konnte durch den Cyberspace rauschen, über Monitore rutschen, nach Indien reisen. Jetzt, wo ich auf der Buchseite bin, habe ich Angst, daß es die meiste Zeit dunkel sein wird. Daher bitte ich Sie, den Menschen über mir, mit den zwei gigantischen Linsen vor den Augen, das Buch, wenn Sie es ausgelesen haben, ab und zu aufzuschlagen, damit wir alle ein bißchen frische Luft bekommen. Einfaches Durchblättern reicht schon. Ich meine, nicht daß es mir hier schlechtginge. Es gibt so viele verschiedene Worte, daß sich unsere kleine Gesellschaft gut und gerne die zwanzig Jahre selbst unterhalten kann, die wir vielleicht im Regal stehen werden – oder in irgendeine Ecke gesteckt oder auf einem Flohmarkt verkauft werden.

Dann möchte ich noch ein Wort an Euch, die werdenden Schriftsteller, richten. Glaubt mir, ich weiß, daß es manchmal wichtig ist, gegen die Regeln der Grammatik zu verstoßen. Ich habe nichts dagegen, und die Worte in diesem Satz sind sich über ihr Schicksal wohl im klaren. Aber es ist schon schwierig, um einen unvollständigen Satz herumzuhängen, geschweige denn, selbst in einem drin zu sein. Ich denke, das ist so, wie wenn man sich mit jemandem unterhält, der keinen Kopf hat. Man kommt sich irgendwie komisch vor. Ein Freund von mir steckt seit vierzehn Jahren falsch geschrieben in einer Computerdatei, und es sieht nicht so aus, als ob er je in den Genuß der Rechtschreibprüfung kommen wird.

Hier sind jetzt noch ein paar von uns, die etwas sagen wollen:

> Ich bin das Wort *schleichen* und möchte sagen, daß es mir Spaß gemacht hat, in der Geschichte über den Hund vorzukommen (den Titel konnte ich von meiner Seite aus nicht sehen).
> Grüß dich, ich bin *mies* und wollte dir nur sagen, daß du Abschaum bist.
> Hallo, ich bin *hallo* und möchte genau das sagen.

Und nun noch zu denjenigen, die unsere Arbeit überhaupt erst möglich machen:

EIN WORT VON DEN WORTEN

Hi, wir sind die Buchstaben, und wir möchten sagen, daß wir uns freuen, ein Teil der wunderbaren Worte auf dieser Seite zu sein. Vielen Dank.

Den Abschluß, meine Damen und Herren, möchte nun ein ganz besonderes Mitglied unseres Teams hier in *Blanker Unsinn* bilden:

?